UN JOVEN CON UNA PISTOLA

GAYLORD RILEY sintió frío en su interior, una quietud total. Dio un rápido y ligero paso a la izquierda, sacando aún más a Marie de la línea de fuego y, mientras se movía, tomó su pistola en la mano y disparó.

La bala de Spooner le rozó el cuello. La sintió como un latigazo mientras disparaba. Desde la cadera, con su codo apoyado a ese nivel, con el cañón de su pistola girado levemente hacia adentro, apuntando al centro del cuerpo de Spooner, disparó una vez más...

El Cañón Oscuro

Louis L'Amour

Traducido al español por
Rosario Camacho Koppel

LIBROS DE BANTAM

EL CAÑÓN OSCURO
Un Libro de Bantam / noviembre de 2008

Publicado por Bantam Dell
Una división de Random House, Inc.
Nueva York, Nueva York

Fotografía de Louis L'Amour por John Hamilton—Globe Photos, Inc.

Bantam Books y el colofón del gallo son marcas registradas de
Random House, Inc.

ISBN 978-0-553-59195-8
Impreso en los Estados Unidos de América
Publicado simultáneamente en Canadá

www.bantamdell.com

OPM 10 9 8 7 6

Para Catherine...

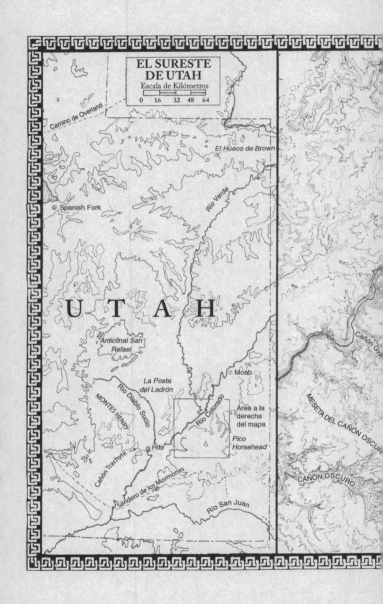

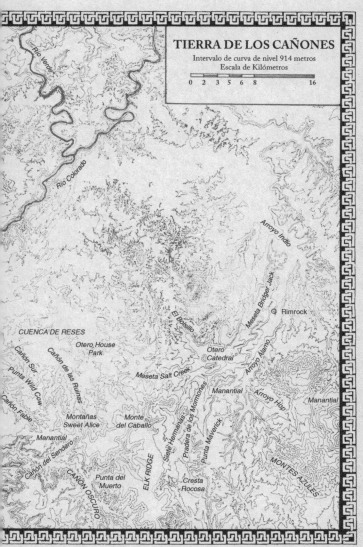

TIERRA DE LOS CAÑONES

Intervalo de curva de nivel 914 metros
Escala de Kilómetros

0 2 3 5 6 8   16

Río Verde

Río Colorado

Arroyo Indio

Meseta Bridger Jack

Rimrock

El Bolsillo

CUENCA DE RESES

Otero House
Park

Otero
Catedral

Cañón Sur

Cañón de las Ruinas

Punta Wild Cow

Meseta Salt Creek

Arroyo Alamo

Cañón Fable

Manantial

Arroyo Hop

Manantial

Montañas
Sweet Alice

Monte
del Caballo

Siete Hermanas

Pradera de los Mormones

Punta Maverick

Manantial

Cañón del Sendero

MONTES AZULES

CAÑON OSCURO

Punta del
Muerto

ELK RIDGE

Cresta
Rocosa

CAPÍTULO 1

CUANDO JIM COLBURN llegó a caballo al escondite al atardecer, no estaba solo. Un joven escuálido cabalgaba con él, un muchacho de caderas estrechas y de pecho y hombros anchos y huesudos. El viejo revólver calibre .44 de la armada parecía demasiado grande para él, a pesar de su estatura.

Jim Colburn bajó del caballo y miró a Kehoe, Weaver y Parrish. Era un hombre rudo que actuaba sin rodeos, y lo reconocían como su jefe.

—Este es Gaylord Riley —dijo—. Cabalga con nosotros.

Parrish estaba revolviendo fríjoles, y se limitó a levantar la vista, sin decir nada. Weaver intentó objetar, pero al ver la expresión de los ojos de Colburn se arrepintió; aunque estaba furioso. Desde el principio habían sido sólo cuatro, sin ningún forastero invitado. Lo que tenían que hacer lo hacían con cuatro hombres, o lo olvidaban. Kehoe dejó caer su cigarrillo y lo aplastó con la punta del pie, incrustándolo en la arena.

—Buenas, muchacho —dijo.

Comieron en silencio, pero cuando terminaron, el muchacho se levantó y ayudó a Parrish a recoger las cosas. Nadie dijo nada hasta después de que Colburn se quitó una bota y empezó a masajear su pie; entonces fue él quien habló:

—Quedé acorralado. Él me sacó de ahí.

Al amanecer salieron, y empezaron a avanzar cautelosamente por el camino. Cuatro forajidos endurecidos, experimentados y un muchacho delgado, huesudo, montado en un bayo medio muerto. Kehoe era un hombre delgado y de actitud perezosa; Parrish era de contextura gruesa, muy callado; mientras que Weaver era un hombre brusco, que hoy había amanecido furioso. Jim Colburn, su jefe en todos los aspectos, era muy diestro con la pistola. Todos lo eran.

El disgusto de Weaver por la presencia del extraño era evidente, pero nada fue dicho hasta cuando se detuvieron en el arroyo a las afueras del pueblo.

—Manejaremos esto como siempre —dijo Colburn—. Parrish con los caballos, Weaver y Kehoe conmigo.

Weaver ni siquiera volteó a mirar.

—¿Qué hará *él*?

—Él cabalgará hasta ese gran álamo y bajará del caballo. Se quedará allí hasta que pasemos y, si hay disparos, nos cubrirá.

—Eso requiere valor.

Gaylord Riley miró a Weaver.

—Eso es lo que tengo —dijo.

Weaver lo ignoró.

—Hasta ahora, nunca te has equivocado, Jim —dijo, y cabalgaron hacia el pueblo.

Riley bajó del caballo y se puso a revisar la cincha, de pie detrás del animal, pero con buena visibilidad de la calle. El banco estaba a unos doscientos metros, y a esta temprana hora, la calle estaba vacía.

Cuando Colburn, Weaver y Kehoe salieron del banco y montaron sus caballos, la calle seguía vacía.

Habían recorrido aproximadamente la mitad de la distancia hasta el punto donde esperaba Gaylord Riley, cuando el banquero salió corriendo del banco, gritando. Llevaba un rifle, y lo levantó para disparar.

Gaylord Riley tuvo su opción y la tomó. Apuntó a la baranda donde se amarran los caballos, delante de donde se encontraba el banquero. Su tiro hizo volar astillas, y el banquero dio un salto, apresurándose a buscar refugio en la puerta.

La banda pasó por donde estaba el muchacho, y él montó su caballo sin demora y cabalgó con ellos mientras la gente salía apresuradamente a la calle.

Más tarde, durante las discusiones que se suscitaron en el pueblo, alguien dijo que había tres bandidos, otros que eran cuatro. Aparentemente, nadie se había percatado del hombre que estaba más arriba en la calle. Si lo hubieran visto, habrían podido suponer que intentaba alcanzar a los bandidos.

Cabalgaron a toda velocidad por el primer kilómetro o dos, tratando de alejarse lo más posible. De pronto, el muchacho vio una docena de novillos que pastaban cerca al camino y, desviándose, los obligó a avanzar detrás de los cuatro bandidos para borrar sus huellas.

Aproximadamente un kilómetro más adelante llegaron a un arroyo donde dejaron el ganado, y continuaron cabalgando por el arroyo, contra corriente, con el agua a la altura del tobillo. Pudieron avanzar algo más de medio kilómetro por el arroyo y luego lo dejaron, dirigiéndose hacia los cerros. Los que venían tras ellos nunca encontraron su rastro, nunca se les acercaron.

Su botín fue muy escaso, y Weaver expresó su descontento cuando se repartió por partes iguales, incluyendo a Riley.

Kehoe dejó caer su parte en un bolsillo.

—Habría podido matar a ese banquero —comentó.

—No era necesario.

Los cuatro habían estado juntos por mucho tiempo. Habían cazado búfalos en los Llanos Estacados del oeste de Texas, y juntos habían marcado ganado para Shanghai Pierce, Gabe Slaughter y Goodnight. La primera vez que traspasaron la línea que divide lo que la ley permite de lo que es ilegal fue debido a un problema de salarios que les adeudaban.

Tobe Weston era astuto con las cuentas, y varias veces se había ahorrado unos cuantos dólares calculando los pagos a su favor y en contra de sus vaqueros, a quienes, evidentemente, no les preocupaba mucho el dinero. Esos pocos dólares le fueron abriendo el apetito hasta que se las arregló para estafar a todos los que trabajaban para él, a excepción de Deuces Conron, su fuerte ayudante.

Uno que otro vaquero que se preocupaba más que los demás por las cifras protestaba ocasionalmente. Cuando no los podía enredar con las palabras, siempre les podía ganar con la pistola, y, alimentada por su éxito, la codicia de Weston fue creciendo.

Cuando llegaron Colburn, Kehoe, Weaver y Parrish a trabajar para él, no habían oído ninguna de esas historias, y pasaron cuatro meses antes de que se enteraran. De inmediato decidieron renunciar.

Tobe Weston les estafó dos meses a cada uno y,

cuando protestaron, ahí estaba Deuces para respaldarlo. Kehoe estaba dispuesto a discutir, al igual que los demás, pero no a aceptar el desafío de las cuatro escopetas que les apuntaban desde los poyos de las ventanas... escopetas empuñadas por la familia de Weston.

—Olvídenlo —les aconsejó Colburn, y se alejaron cabalgando.

Se escondieron en las montañas y esperaron tres semanas, y cuando Tobe Weston cabalgó al pueblo en su traje negro, supieron que había llegado el momento. Iba de vuelta cuando bajaron de entre las rocas, lo detuvieron y cobraron lo que se les debía. Sólo en el último minuto decidieron que sería un buen desquite dejar a Weston sin nada. Y eso hicieron.

Ese había sido el comienzo. Y eso había ocurrido hacía ya mucho tiempo.

Su fortaleza radicaba en un cuidadoso proceso de planificación y en su estrecha unión. No hablaban, y no se separaban; no aceptaban extraños en el grupo, hasta el momento en que llegó Colburn con Gaylord Riley.

El robo de la diligencia en el Cañón Negro fue uno de sus golpes característicos, y tuvo lugar sólo tres semanas después de que el muchacho se les uniera.

La diligencia había sido robada tantas veces que los cocheros estaban acostumbrados y conocían todos los lugares donde esto podía ocurrir. Sólo que Jim Colburn lo hizo de otra forma. Robó la diligencia a campo abierto, en terreno plano, en el sitio donde había menos posibilidades de esconderse, y donde era muy poco probable que se produjera un atraco.

El cochero vio venir la carreta por el camino a plena vista desde una distancia de más de un kilómetro, y venía al trote, levantando pequeñas nubes de polvo. Cuando se fue acercando, el cochero vio que la venía conduciendo un muchacho escuálido, con un sombrero de paja de granjero, y que a su lado venía un anciano envuelto en una manta, al que el joven sostenía con un brazo alrededor de su espalda como si lo apoyara para que no cayera.

Mientras la diligencia se acercaba, disminuyendo la velocidad para pasar la carreta, el anciano levantó débilmente una mano para indicarles que se detuvieran.

Lo hicieron, y el muchacho alto ayudó al viejo a bajar de la carreta. Uno de los pasajeros se bajó de la diligencia a ayudar, y de debajo de la manta, el viejo sacó una pistola de seis tiros.

De la parte de atrás de la carreta salieron otros dos hombres de por debajo de una carpa de lona, y la diligencia del Cañón Negro fue atracada de nuevo. Después, al menos dos de las personas que venían en la diligencia aseguraron que el muchacho era un prisionero de los bandidos. No cabía duda de que, con esa carreta y ese sombrero, no podía ser un bandido. Además, parecía muy asustado. Al menos eso creyeron.

RILEY AYUDABA EN el campamento, y hablaba poco, pero su presencia seguía irritando a Weaver. Mientras haraganeaba en la calle de Bradshaw, estudiando el banco de aquel lugar, Weaver dijo de pronto a Kehoe:

—Ya no soporto más a ese muchacho. ¿Para qué demonios tenía que traerlo Jim?

—No es un mal muchacho. Déjalo tranquilo.

—Hay algo en él que me enerva —insistió Weaver—, y no lo necesitamos.

—No te metas con él —le aconsejó Kehoe—.Te torcería el rabo.

—¿Qué? —dijo Weaver con desdén—. Aún está húmedo detrás de las orejas.

Kehoe se sacudió la ceniza de su cigarrillo.

—Ese muchacho es un pistolero.

—¿Él? Por dos centavos, yo…

—Tú terminarías muerto.

Weaver estaba furioso, pero sentía curiosidad, porque Kehoe no era ningún tonto. Era más astuto que muchos, si de eso se trataba.

—¿Por qué lo dices?

—Obsérvalo. Nadie se mueve sin que él lo note, y jamás tiene esa mano derecha ocupada. Siempre que agarra algo lo hace con la izquierda. Obsérvalo.

A regañadientes, Weaver lo aceptó. A veces Parrish cabalgaba con él, pero él sólo hablaba con Colburn o Kehoe. Cuando cruzaron la frontera para gastar lo que habían robado, Riley pagó tragos para todos, pero él mismo no tomó nada y gastó poco. Por lo general, Weaver quedaba en la quiebra en pocos días, y a Parrish el dinero no le duraba mucho más. Ninguno de ellos era previsor.

Una mañana, a unos cinco kilómetros al sur de Nogales, en Sonora, Weaver salió de debajo de las mantas bajo los efectos de lo que había bebido la noche anterior. Parrish estaba cocinando. Riley estaba limpiando su rifle. Colburn y Kehoe no estaban allí.

—Se me fue la mano en el trago —dijo Weaver—. ¿Tienes algo de beber, Parrish?

Parrish respondió que no con la cabeza, pero Riley fue a donde tenía enrollada su manta y sacó una botella.

—Una copita para que se le pase la resaca —le dijo, y se la lanzó a Weaver.

Weaver sacó el corcho y bebió.

—Gracias, muchacho —dijo.

—Quédatela —dijo Riley—. Por la forma como te emborrachaste anoche, imaginé que la necesitarías hoy.

Más tarde, cuando ya Riley se había ido en su caballo, Weaver dijo:

—Tal vez me equivoqué al juzgar a ese muchacho.

—Sin duda. Es un buen tipo. —Parrish le pasó una taza de café—. Es un buen muchacho.

Weaver bebió otro trago, tapó la botella y la guardó. Parecía estar pensando en lo que había dicho Parrish.

—Eso es —dijo al fin—. Ese es justamente el problema. Es un buen muchacho.

CAPÍTULO 2

COLBURN SE ESTABA afeitando, y a excepción de Weaver, no había nadie más en el campamento.

—¿Qué ocurrió esa vez, Jim, cuando trajiste al muchacho?

Colburn inclinó levemente la cabeza y observó con cuidado su mentón. Después de pasarse cuidadosamente la cuchilla, la enjuagó.

—Un juego de póker —dijo—, y me timaron. Descubrí a uno de ellos con una carta adicional y le apunté con mi pistola… y después me di cuenta que me estaban apuntando con dos. Estaban dispuestos a matarme.

Colburn siguió afeitándose por unos minutos y luego continuó:

—Se rieron de mí: "Puedes dejar tu pistola y largarte, Colburn. Sabemos quién eres, y no puedes ir a quejarte a la justicia".

Volvió a poner espuma en su mentón.

—Ese lagarto tramposo sacó también su pistola de seis tiros, y entonces me acorralaron. Como iban las cosas, no tenía la menor oportunidad, y aunque estaba convencido de que eran una partida de cobardes inútiles, sólo un tonto apostaría contra una mano como la que tenían en mi contra.

"Bien, había bebido y estaba disgustado, y no iba

a soportarlo. Claro que fui un gran tonto y me hubieran matado, pero no sin que me los hubiera llevado conmigo... al menos a algunos.

Hizo otra pausa mientras seguía afeitándose. Después agregó:

—Se lo dije. Así es, se lo dije a todos: "Se lo buscaron. Sacaron los hierros y pensaron que me iba a retirar. Ustedes creen que todo el mundo es tan cobarde como ustedes. Bien, tendrán que pelear".

Se rió.

—Ah, ¡les dio miedo! ¡Yo ya había visto esa expresión! No pensaron ni por un minuto que pelearía en esas circunstancias. Entonces, este joven habló.

"Había cuatro o cinco personas más en ese lugar, y el muchacho estaba en el bar. Habló con mucha tranquilidad, y empuñaba una pistola y dijo: 'Se las tendrán que ver también conmigo, a menos que le devuelvan su dinero'.

Colburn siguió afeitándose, luego afiló su cuchilla.

—Todos sudaban, te lo aseguro. De hecho, yo sudaba también. Creo que en ese momento se me pasó el efecto del alcohol, y quedé en mis cabales, porque de pronto esas tres pistolas se veían enormes.

"El hecho era que conocían a este muchacho. Qué conocían de él todavía no lo sé, pero no querían meterse con él, y lo más probable era que él quisiera pelear con ellos.

"Entonces, ese jugador empujó mi dinero hacia mí. 'Tómelo. Tómelo y lárguese'. Después dijo al muchacho: 'Riley, estás buscando que te maten'.

"Y el muchacho respondió: '¿Qué le parece ahora?', pero nadie le aceptó el reto. Entonces, cuando salí de allí, lo invité a venir conmigo. No tenía a dónde ir, y yo no le podía voltear la espalda después de lo que había hecho.

—No, realmente no podías —Weaver permaneció callado—. Jim —dijo al fin—, has sido muy paciente conmigo. Este muchacho me ha estado preocupando todo el tiempo, y me demoré mucho en descubrir por qué. Él no debe estar con nosotros, Jim.

Colburn terminó de afeitarse y limpió su cuchilla y su brocha.

Weaver se puso de pie y dio la vuelta para acercarse al fuego.

—Jim, ninguno de nosotros pensó nunca llegar a ser un bandido. Ni tú, no yo, ni ninguno de nosotros. Éramos vaqueros y deberíamos haber seguido siendo vaqueros. Hemos robado de arriba abajo por todo el país, y a veces me he sentido muy avergonzado de haberlo hecho.

"Hemos estado haciendo esto durante años, y ¿qué hemos logrado? No tenemos casa, no tenemos ningún terreno que podemos llamar nuestro. Estamos escondiéndonos la mayor parte del tiempo, viviendo en estas condiciones. Cuando conseguimos unos poco dólares, nos los gastamos y volvemos a empezar de cero. Está bien; así somos nosotros. Pero esa vida no es para este muchacho.

"Él está justo donde estábamos nosotros hace quince años, y si sigue por donde va, dentro de quince años estará por donde estamos nosotros ahora, a menos que lo alcance una bala… y hay buenas probabilidades de que así sea.

"Acéptalo, Jim. Las cosas se están poniendo más difíciles. El telégrafo ha llegado al oeste. Todavía no en forma demasiado notoria, pero pronto estará por todas partes, y los defensores de la ley se están organizando. Este muchacho debería irse mientras puede.

Weaver levantó una mano.

—No digas que no lo has pensado. Al principio creí que estabas tratándolo como tu favorito, luego pude ver que, a propósito, estabas impidiendo que identificaran al muchacho como uno de nosotros… al menos para que él tuviera una salida.

—¿Qué estás pensando?

—Déjame hablar con él.

Dos días después, habían instalado el campamento cerca del río Sonora, en un pequeño bosque de álamos y sauces, con algunos árboles conocidos como fustetes más arriba en el barranco.

Weaver estaba lavando una camisa cuando bajó el muchacho, quitó la suya y se puso a lavarla. Weaver miró sus delgados hombros morenos. En el cuerpo de Gaylord Riley había tres orificios de bala.

—Has recibido algo de plomo —comentó Weaver.

—De niño. Tal vez un año, más o menos, antes de irme de Texas. Papá y yo vivíamos en un pequeño lugar de 2 × 4, allá abajo en el río Brazos. Papá cojeaba de una pierna, porque había recibido un balazo peleando con los comanches en la época en que mataron a mamá. Teníamos unas pocas vacas y pensábamos comprar más.

"Una noche, unos cuatreros comenzaron a reunir nuestro ganado, y salimos a detenerlos. Mataron a mi papá y me alcanzaron a herir. Me dieron por muerto.

"Me arrastré hacia la cabaña y me vendé las heridas. Me dieron este balazo aquí, y otro que no puedes ver, en la pierna. Había un viejo tonkawa que vivía a cinco o seis kilómetros de nosotros, y subí a un caballo y fui hasta allá. Cuando me mejoré, tomé la vieja pistola de seis tiros de papá y me fui a trabajar.

"Ese tonk, él era un rastreador, y él ubicó para mí uno de esos hombres. Habían sacado el ganado del territorio, pero este hombre estaba gastando un dinero que no le correspondía. Lo perseguí.

Weaver siguió trabajando en su camisa mientras lo escuchaba. La historia era familiar. ¿Cuántas veces habían ocurrido cosas así en estas fronteras sin ley?

—Estaba montando un bayo que todavía llevaba la marca de papá, y yo lo acusé de ladrón.

Weaver había visto estas cosas, y una o dos veces había tomado parte en ellas. Ahora lo entendía claramente, mientras Riley contaba su historia sencilla y sin adornos. El ladrón debió haber pensado que tenía buenas posibilidades de ganarle a este delgaducho novato.

—Esa noche nos atacaron cinco de ellos. A dos nunca los pude encontrar, pero ya llegará el día. Mi papá —dijo—, nunca supo usar un revólver. Cazaba ocasionalmente, pero era un hombre que no buscaba problemas, y no quería vérselas a tiros con la banda que lo había robado.

—¿Todavía buscas a esos otros?

—Me parece que hay muchas otras cosas que hacer en el mundo. Estoy pensando un poco en mi futuro, pero no dejo de creer que llegará el día que los encuentre. Entonces, podré decirles todo lo que pienso.

Weaver enjuagó su camisa y la colgó a secar al sol. Se sentó sobre los talones y encendió un cigarrillo.

—Riley —dijo—, he estado reflexionando. Tienes cerca de seis mil dólares guardados entre tus cosas.

Gaylord Riley no respondió, pero Weaver sonrió al darse cuenta de que mantenía su mano derecha fuera del agua. El muchacho sabía cuidarse, y eso le gustaba a Weaver. Nunca le habían gustado los jóvenes presumidos. Le gustaban seguros, cuidadosos y honestos.

—Jim está llegando a los cuarenta. Parrish y yo tenemos más de treinta y seis. Kehoe tiene apenas treinta y dos. Hemos sido forajidos por mucho tiempo y no hemos conseguido nada, pero no vamos a cambiar de oficio hasta que estemos demasiado viejos para montar.

Riley no respondió, y comenzó a torcer su camisa.

—Esta vida no te lleva a nada. Jim Colburn es un hombre astuto y cauteloso, y hemos tenido suerte, pero déjame decirte algo: Jim tiene miedo.

—¿Él? ¡Él no le tiene miedo a nada!

—No tiene miedo en el sentido estricto de la palabra, pero le asustan las probabilidades. Hemos tenido demasiada suerte por mucho tiempo. Está bien; siempre hemos planeado todo, pero algo que un hombre no puede prever es lo inesperado. Uno confirma la hora a la que abre el banco y cuándo empiezan a llegar los clientes. Casi todo el mundo tiene hábitos y se rige por ellos, por lo que todo lo que tenemos que hacer es aprender cuáles son esos hábitos. Pero ¿qué pasa con el hombre al que se le olvida algo? El que olvidó decirle algo al banquero, o el que había pensado quedarse con parte del dinero que consignó. Por la razón que sea, regresa al banco.

"Cuando uno va a asaltar una diligencia por el camino, se supone que no debe haber nadie en los alrededores. Y de pronto aparece una patrulla del ejército que regresa de una búsqueda… o tal vez dos o tres de los pasajeros que vienen en la diligencia son hombres de los que les gusta disparar primero y hacer preguntas después.

"Lo que no podemos prever, muchacho, es lo inesperado, y eso siempre ocurre. Bien, hemos tenido suerte, pero ahora Jim tiene miedo y yo también.

—¿De qué se trata esta conversación?

—De ti, Riley. Salte de este negocio.

Weaver estiró un brazo hacia atrás y tomó sus alforjas. Sacó del fondo su parte del dinero y se la lanzó a Riley.

—Ahí hay mil dólares. Tómalos, junto con lo que te tocó, y compra unas vacas.

—¿Tratas de deshacerte de mí?

—En efecto.

Weaver aplastó su cigarrillo en la arena hasta que quedó totalmente apagado.

—No estás hecho para esto, muchacho. No te gusta matar, y así debe ser. Has estado disparando para asustar, y esa es la mejor forma de hacerlo. Si robas un banco, nadie va a discutir contigo, excepto la autoridad; pero si matas a un hombre, ese hombre tendrá amigos, y ellos te perseguirán hasta el infierno. Pero algún día nos meteremos en problemas, y te verás obligado a matar.

—Haré lo que tenga que hacer.

—Has matado hombres, muchacho, pero hacías

lo correcto. Si matas cabalgando con nosotros, eso es diferente. Es diferente a los ojos de la autoridad y a los ojos de la gente, y tú lo verás diferente también.

—¿Qué dirá Jim?

—Le gustas... eres como su hijo. Todos quedaremos contentos, Riley. No tengas la menor duda.

—No me puedo llevar tu dinero.

—No te lo estás llevando. Algún día, estaré demasiado viejo para montar, y luego iré a buscarte y me podrás acomodar en una cabaña en tu rancho, y podrás permitirme comer una carne de un animal que no haya sido robado.

Volvieron a acercarse al fuego. Por la manera como los otros los miraron, Riley supo que habían estado esperando el resultado de su conversación.

Colburn le lanzó a Riley un pesado rollo de billetes.

—Hay tres mil ahí, muchacho. Todos contribuimos. Comienza tu ganadería.

Gaylord Riley miró hacia abajo al rollo de billetes, y después de un momento levantó la vista.

—Esto está muy bien... muy bien. Siempre quise un lugar propio, como quería mi papá.

—Una cosa más, Riley —le advirtió Colburn—. Dondequiera que te instales, presenta una reclamación de propiedad sobre el agua ante el gobierno. Presenta una reclamación de propiedad ante el gobierno sobre toda el agua que puedas conseguir. Puedes creerme que cualquier propiedad que compres es sólo tan grande como los recursos de agua que tenga, y cuando un novillo se aleje demasiado para encontrar agua, estará caminando a costa de perder carne.

Riley levantó el rollo de dinero.

—Está bien, entonces.

Cuando ensilló su caballo, montó y los miró a todos.

—Ustedes cuídense mucho, muchachos —dijo—, y recuerden que siempre encontrarán un lugar donde quedarse conmigo, esté donde esté.

Se quedaron escuchando el ruido de los cascos del caballo hasta que se desvaneció en la distancia y el polvo se asentó. El agua de la quebrada sonaba y formaba ondas sobre las rocas y entre las raíces.

Jim Colburn miró a su alrededor disgustado.

—Vengan, vayámonos ya de aquí —dijo.

—Voy a extrañar a ese muchacho —comentó Kehoe.

—De nuevo somos sólo cuatro.

Parrish no dijo nada, pero en dos oportunidades volteó a mirar atrás.

CAPÍTULO 3

CUANDO GAYLORD RILEY tenía apenas dieciséis años, acampó por dos noches cerca de un arroyo a la cabecera del Cañón Fable. Eran noches de otoño, tranquilas y frías, con estrellas que brillaban tan abajo que parecía que un hombre podría tumbarlas con una vara.

Nunca había olvidado esas magníficas distancias, las montañas y los cañones, esas inmensas extensiones de terreno despoblado, y ahora estaba de regreso, como siempre lo había sabido.

Para algunos, la inmensidad, la soledad, la vasta extensión del cielo y del paisaje habrían sido abrumadoras, aterradoras; pero para Gaylord Riley, cuya naturaleza era acorde a todo esto, era algo que le hacía bien a su espíritu.

Cerca de la cabecera del Cañón Fable, en un barranco al pie de las montañas Sweet Alice, comenzó a construir la casa que sería su hogar. El terreno descendía en pendiente por todos lados, ofreciendo un panorama sin paralelo hacia el norte, el oeste y el sur. A veinticinco kilómetros a vuelo de pájaro estaba el río Colorado, y hacia el norte, una amplia cuenca de varios miles de acres donde pensaba criar ganado. Hacia el sur había una serie enmarañada de cañones, acantilados y pináculos que se prolongaba a enorme distancia, para terminar al fin en el Desierto Pintado.

Hace mucho tiempo esta tierra estuvo habitada, pero ya no. Quedaban todavía viviendas en los montes, aunque ahora en ruinas, y había restos de antiguos sistemas de riego. Nadie podía adivinar la razón por la cual se habían ido los antiguos habitantes, pero nadie había llegado a ocupar el vacío que dejaron, aunque últimamente había habido algunas historias acerca de que los indios navajo empezaban a desplazarse hacia el sur de la región.

Desde el momento en que Gaylord Riley abandonó en su caballo el campamento de los forajidos, había estado pensando en ese lugar. No era un área en la que alguien más pudiera pensar. Había terrenos disponibles con mejores pastos, pero no para él.

Aquí, los pastos eran buenos. Había madera para construir, la vista era ilimitada, —cosa que le agradaba—, había bastante agua y no había vecinos en las cercanías. Además, había un laberinto de cañones en todas direcciones, por lo que cuando sus amigos vinieran a visitarlo, no tendrían que preocuparse de cómo iban a huir.

El pueblo más cercano era Rimrock, recién fundado y escueto, a unos treinta kilómetros al noreste. Tenía poco menos de un año, una avenida de tierra, sombreada por álamos y bordeada por tiendas de frente falso. Era un pueblo de un solo médico, sin abogado, con cinco tabernas, dos buenas fuentes de agua, un pozo profundo y un excelente güisqui artesanal.

En las proximidades había ocho prósperos ranchos y un par de insipientes prospectos mineros. La sociedad local constaba del médico, el banquero, los ocho rancheros, el predicador y el periodista.

Era un pueblo donde tanto la taberna principal como una de las más pequeñas eran de propiedad de Martin Hardcastle. Era un hombre muy corpulento con una cara de huesos angulosos, pelo muy alisado y un bigote bien cuidado. Strat Spooner y Nick Valentz eran unos de los cliente regulares de las tabernas de Hardcastle.

Dos hombres detentaban el poder en el pueblo de Rimrock y en sus alrededores. Martin Hardcastle y Dan Shattuck se habían conocido en una época, y habían hablado ocasionalmente por varios minutos, ya fuera durante encuentros casuales en la calle o en la taberna de Hardcastle. Ya no se hablaban.

Aparentemente, seguían manteniendo las mismas relaciones reservadas y amables de antes, pero ya Shattuck no iba a la taberna de Hardcastle a tomar en las tardes, o a encontrarse con los amigos. Poco a poco, se había retirado de allí y ahora frecuentaba una taberna al otro lado de la calle. Quienes se inclinaban a encontrarse con Dan Shattuck en la taberna de Hardcastle se habían pasado a la otra.

A Hardcastle no le importaba haber perdido un cliente, pero lo que sí le importaba era la actitud de Shattuck. Hardcastle estaba seguro de que Shattuck no había revelado la razón de su cambio a ninguno de los otros, puesto que todos tenían la misma actitud hacia él. Sin embargo, se había trazado una línea bien definida que los separaba marcada y definitivamente.

No se trataba de una línea divisoria que no hubiera estado ahí antes; siempre existió. El problema fue que Martin Hardcastle la había cruzado.

Esa tarde de domingo fue cálida y luminosa, y

Marie —la sobrina de Shattuck— estaba visitando a Peg en el rancho Boxed O de Oliver. Dan Shattuck estaba trabajando en su rancho, llevando la contabilidad, en la habitación que llamaba su "oficina". Pico había estado trenzando unas riendas de crin de caballo sentado en una banca al frente de la barraca.

Martin Hardcastle había llegado al patio en una flamante carreta nueva pintada de negro, con las ruedas rojas. Lucía un vestido de paño negro y una camisa blanca almidonada. Sobre su chaleco colgaba de una gruesa cadena de oro un diente de alce.

Pico lo observó mientras bajaba de la carreta, y no habría negado su curiosidad.

El mismo Dan Shattuck abrió la puerta. Era un hombre alto, de facciones finas, con una mata de pelo que mostraba las primeras canas. Estaba perplejo y no tenía la menor idea de lo que debía esperar.

Hardcastle tenía cuarenta y cinco años y pesaba ciento quince kilos, de los cuales muy pocos eran de grasa. Tenía buen porte y a veces podía comportarse con mucha distinción. Esa no era ahora su actitud, que se había vuelto algo brusca por lo extraño de lo que estaba a punto de hacer.

Tomó asiento, apoyó sus grandes manos sobre las rodillas y, sin más rodeos, dijo:

—Dan, soy un hombre rico. Tengo buena salud, nunca me he casado, pero he decidido que ya es hora.

Shattuck no conocía en realidad a Hardcastle, a excepción de que sabía que era el dueño del lugar donde iba a tomar de vez en cuando, y de las pocas

veces que los dos se habían encontrado como era natural en un pueblo pequeño. Quedó aún más perplejo cuando Hardcastle dijo:

—He decidido consultárselo primero.

—¿A mí?

—Sí, Dan. Verá usted, estoy pensando en Marie.

Si Hardcastle hubiera sacado la mano y le hubiera
dado una cachetada, Shattuck hubiera quedado menos sorprendido y mucho menos disgustado.

Hardcastle era el dueño de una taberna, y para los
hombres de la categoría de Dan Shattuck, como para
muchos otros, eso lo colocaba en una categoría inferior. Otro hecho, menos conocido, era que Hardcastle también era el dueño de un negocio manejado por
tres muchachas en una casa cerca del río. Esto era
algo que Shattuck sabía, aunque Hardcastle pensaba
que las huellas de su participación en esa actividad
estaban bien cubiertas.

Dan Shattuck se puso de pie súbitamente.

—Pues puede dejar de pensarlo —le dijo en tono
cortante—. Cuando se case mi sobrina no lo hará
con el dueño de una taberna que además tiene un
prostíbulo. Váyase de aquí, y si alguna vez se atreve a
hablarle a mi sobrina, haré que lo azoten pública-
mente con un látigo y lo echaré del pueblo.

El rostro de Hardcastle se puso rojo y luego
blanco. Comenzó a hablar mientras se ponía de pie.
Le temblaban las manos, se le salían los ojos. Dio la
vuelta súbitamente y abandonó la habitación, casi
tambaleando al bajar la escalera. Subió a su carreta,
dio la vuelta y salió a toda velocidad hacia el camino.

Pico dejó a un lado la rienda y caminó hacia la
casa, donde Dan Shattuck estaba sentado, pálido e

iracundo. En pocas palabras, le explicó la situación a Pico.

—Si hace el menor intento por acercársele —dijo Pico—, lo mataré.

Habían pasado sólo dos semanas cuando Gaylord Riley entró cabalgando a Rimrock por primera vez. Si Hardcastle hubiera estado menos concentrado en sus planes para limitar el futuro de Dan Shattuck, habría prestado más atención al forastero que pasó a caballo por frente a su taberna y desmontó frente al banco.

Strat Spooner sí lo vio. También se dio cuenta de las pesadas alforjas dobles que Riley tomó de su caballo y llevó al banco.

Amos Burrage levantó la vista desde su maltrecho escritorio para mirar al polvoriento vaquero.

—Vengo a hacer un depósito —dijo Riley.

Burrage le señaló al cajero.

—Hable con él —le dijo.

—Hablaré con usted. —Riley levantó sus alforjas y las colocó sobre el escritorio—. Quiero depositar esto, y quiero comprar ganado.

Burrage miró en el interior de las alforjas. Contenían docenas de pequeñas bolsas cuidadosamente envueltas. Abrió varias de ellas. Vio oro en pepa, en polvo, en monedas… apretados rollos de billetes verdes.

—Eso es mucho dinero, muchacho. ¿Cómo lo obtuviste?

Gaylord Riley no respondió, y Burrage se sintió definitivamente incómodo bajo su fija y fría mirada. Le disgustaba que este joven —que no debería tener más de veinte años— lo hiciera sentir así.

—El rancho Boxed O tiene ganado Cuernilargo; tal vez sus dueños estén vendiendo algunas cabezas —le sugirió.

—Quiero ganado Cuernicorto o Cara Blanca —respondió Riley.

—El único por aquí que tiene ganado Cara Blanca es Dan Shattuck, y no venderá; le costó demasiado trabajo traerlo hasta aquí en primer lugar. Cree que ese ganado puede prosperar en este territorio, pero nadie más piensa así.

—Yo sí.

—Entonces, tendrá que traer el suyo. Shattuck no venderá. De hecho, el Lazy S quiere comprar más de lo que tiene.

Riley señaló su dinero.

—Yo estaré girando contra este depósito. Cuídelo bien.

Salió a la calle, un joven flaco, con chaparreras de fusil, una desteñida camisa color marrón y un sombrero negro. Se detuvo en la calle y observó con atención mientras simulaba sacudirse el polvo de la ropa.

Con ese breve examen, ubicó cada uno de los sitios del pueblo. Vio a Strat Spooner holgazaneando frente a un lugar llamado Hardcastle's, vio la carreta que venía por la calle guiada por una muchacha, vio al vaquero mexicano que venía cabalgando a su lado.

Riley cruzó la calle hacia el Emporio. Con esa furtiva mirada había clasificado a Spooner. El hombre que perdía el tiempo frente a la taberna era probablemente un pistolero a sueldo o un forajido. Gaylord Riley tenía por qué saberlo; conocía a los de su calaña.

Además, a una hora en la que cualquier vaquero que estuviera empleado estaría dedicado a su trabajo, este hombre estaba allí, tranquilamente sentado. Tenía unas flamantes botas nuevas que debían de haberle costado el doble de lo que un vaquero podría pagar. Mientras Riley cruzaba la calle, estaba consciente de que había llamado la atención de ese hombre, y sabía por qué.

Valentz salió de la taberna y preguntó:

—¿Quién es?

Riley escuchó la pregunta mientras subía al andén de madera frente al almacén.

El ardiente sol caía sobre el polvo de la calle, sobre los edificios, de los cuales el fresco de los troncos de sus paredes ya había desaparecido bajo el sol y el viento. Gaylord Riley se detuvo en el andén y miró otra vez a su alrededor. Después de todo, este sería su pueblo. Vendría aquí al mercado, vendría a buscar su correo… si es que alguien le escribía.

Frunció el ceño y se preguntó si podría comprar un periódico en algún lugar del pueblo. Entonces vio un letrero: *El Rimrock Scout, Todas las Noticias, Múltiples Opiniones*.

Riley avanzó lentamente calle abajo y abrió la puerta. La prensa manual y las cajas con los distintos tipos de letras… no sabía nada de estas cosas. El hombre curtido que vino a atender el mostrador, limpiándose las manos con un trapo, le sonrió.

—¿Cómo estás, hijo? ¿En busca de noticias, o con noticias que dar?

Riley rió.

—Pensé que podría venderme un periódico y dejarme hojear algunos números de fechas anteriores.

Creo que es la mejor forma de saber cómo es una comunidad.

El periodista le estiró la mano.

—Encantado de conocerte, y me alegra saber que serás uno de nosotros. Soy Sampson McCarty, editor, redactor e impresor. Eres el primer nuevo habitante del pueblo lo suficientemente inteligente como para venir a enterarte acerca del lugar. Mira lo que quieras.

Le señaló una pila de periódicos en un estante.

—Eso es todo lo que hay: treinta y seis semanas, treinta y seis números del periódico. Tómate tu tiempo, ven cuando quieras.

—Soy Gaylord Riley. Estoy estableciendo un rancho al oeste de aquí.

—Es territorio difícil e inexplorado —comentó McCarty—. No son muchos los que se arriesgan a internarse por esos parajes agrestes.

—Eso me conviene a mí. Voy a criar ganado, no estaré recibiendo visitas.

Riley sacó una manotada de periódicos y se sentó frente a una mesa. Se ubicó donde pudiera mirar por la ventana, con la espalda volteada parcialmente hacia McCarty. La idea de mirar el periódico era algo que le había aprendido a Jim Colburn. Colburn había descubierto que se podía saber mucho de cuánto dinero había en el banco leyendo los periódicos… y se podía tener una buena idea de qué tan peligrosa podía ser la justicia.

McCarty se dio cuenta de inmediato de que no había nada improvisado en la forma como Riley estaba repasando un periódico. Lo primero que hizo fue estudiar la columna de clasificados para ver qué negocios y profesiones se anunciaban, tomando varias notas a medida que lo hacía. Luego examinó la columna de las notas locales en cada periódico.

Desde el lugar donde se encontraba, ordenando los tipos, McCarty podía ver por encima del hombro de Riley, y puesto que estaba familiarizado con todas las notas, le era fácil saber cuáles eran los intereses del lector.

Las noticias relacionadas con la llegada del ganado Hereford de Shattuck llamaron la atención de Riley; pero cuando llegó a la historia sobre cómo Spooner había matado a Bill Banner, se detuvo a leer la noticia con atención. La siguiente historia que le interesó fue la del atraco —o, más bien, el intento de atraco— en Pagosa Springs. Dos bandidos habían salido heridos, y se decía que uno de los forajidos era miembro de la banda de Colburn.

Siguió leyendo, buscando las notas locales, y por último, empujó hacia atrás su silla y estaba a punto de levantarse cuando se abrió la puerta y entró Marie Shattuck con Pico.

McCarty se limpió las manos y se acercó de nuevo al mostrador.

—Cómo estás, Marie. Hola, Pico.

El periodista se dio la vuelta y señaló a Riley.

—Señorita Shattuck, Pico, quiero presentarles a Gaylord Riley. Tiene un rancho hacia el oeste. Acaba de llegar.

Riley se enderezó súbitamente, consciente de que se había ruborizado.

—¿Shattuck? ¿Del Rancho Running S?

—¿Nos conoce?

—Sólo sé que tienen ganado Hereford, y me gustaría comprar algunas cabezas.

El rostro moreno de Pico era inescrutable, y analizó cuidadosamente a Riley. Este hombre había estado por el arroyo y había cruzado la montaña: no era un hombre del común.

—Tío Dan no vendería por nada del mundo, señor Riley. Le costó mucho trabajo traer ese ganado hasta aquí... Pero puede hablar con él.

Cuando pagaron el periódico y se fueron, Riley se dirigió a McCarty.

—Vi una nota en el periódico acerca de un tiroteo. Alguien llamado Spooner. ¿No sería el hombre que estaba sentado frente a la taberna, o sí?

—Él es. Y es mejor dejarlo tranquilo. Si hubiera leído algunos números anteriores, podría haber visto que dos o tres meses antes tuvo otra pelea... mató a ese hombre también.

—Gracias.

McCarty se quedó mirándolo mientras salía de la oficina y se alejaba calle abajo; y McCarty, que había sido periodista o impresor en muchos pueblos del oeste, quedó intrigado.

Había muchas clases de hombres en el oeste, pero este en especial no tenía el más mínimo rasgo de inseguridad del vaquero común. A pesar de ser tan joven, tenía un porte tranquilo, seguro de sí mismo, y a la vez demostraba una vigilancia que le recordaba a Earp, a Courtright, o a Hickok. Pero no era de esos, ni de ningunos otros que hubiera conocido o de los que hubiera oído hablar.

Rimrock era un pueblo sin secretos y, antes del

atardecer, McCarty había oído la historia del depósito de diez mil dólares en el banco local. También se enteró de que Riley había contratado dos vaqueros, ambos conocidos de McCarty.

Cruz era un mexicano, delgado, buen jinete y capaz. Darby Lewis era un holgazán la mayoría del tiempo, aunque cuando trabajaba era de los mejores vaqueros que cualquier rancho podía tener, pero trabajaba lo menos posible.

El restaurante de Rimrock era el único rasgo del pueblo que lo hacía parecer una ciudad. En lugar de las habituales mesas de pensión, tenía una docena de mesas para cuatro personas cada una. También había mesas tipo pensión, y pocos de los habitantes del pueblo iban a algún otro lugar.

Martin Hardcastle comía en una de las mesas pequeñas, al igual que Amos Burrage, pero pocos otros lo hacían, a excepción de Shattuck y su sobrina. Gaylord Riley eligió una mesa para él solo porque no quería que le hicieran preguntas ni le entablaran conversación. Quería tiempo para pensar, hacer planes, organizar sus ideas acerca de todas las cosas de las que se había enterado durante ese día.

Ante todo, quería pensar en lo que había leído acerca del intento de robo en Pagosa Springs, porque si la información era cierta, dos de los miembros de la banda de Colburn habían sido heridos, tal vez de gravedad. De ser así, necesitarían alimentos, un lugar donde esconderse y tal vez medicinas.

Se sentó solo y comió solo, consciente de que en una mesa cercana estaban Marie Shattuck y Pico.

Se sentó en un lugar desde donde podía ver la puerta, porque esperaba que entrara el sheriff. Según las noticias locales que había leído, tenía entendido que el Sheriff Larsen cenaba en el restaurante una o dos veces por semana, y venía con más frecuencia a tomar café. Tarde o temprano tenían que conocerse, y Riley prefería que fuera ahora.

Pico miró a Marie.

—Hombre nuevo —le dijo con segunda intención.

—¡Pico! ¿Quieres dejar de intentar buscarme marido?

—Tu tío es un hombre ocupado y puede que sepa mucho de ganado, pero no sabe nada de mujeres. Tu madre y tu tía murieron. ¿Quién te va a cuidar si no es Pico?

De repente se abrió la puerta y entró Martin Hardcastle. Riley, atento a ese tipo de detalles, vio la forma como miró a Marie y vio cómo Pico adoptaba una actitud hosca y fría. Luego vio que el mexicano comenzaba a tranquilizarse, pero como se relaja un tigre mientras observa a una serpiente... tranquilo, pero preparado y alerta.

Hardcastle miró a Riley y se dirigió a una mesa vacía, donde se sentó de frente a Marie. Estaba dentro de la línea de visión de Riley, y Riley sintió que se le removían las entrañas ante la forma como ese corpulento hombre miraba a la muchacha. Aparentemente, ella no se daba cuenta de nada, sin embargo Riley no estaba seguro de que así fuera.

McCarty, que por lo general comía solo en su cabaña de soltero, decidió que esta noche invertiría el precio de una cena en la posibilidad de obtener noticias. Con el sexto sentido que tienen los buenos periodistas y los agentes de la ley, presintió que habría problemas, aunque sin la más mínima idea de dónde ni cómo se desarrollaría la acción. Era un hombre generalmente callado, de pocas palabras, amigable, que conocía a todo el mundo.

Se detuvo al llegar a la mesa donde estaba Riley.

—Se me ocurrió una idea que puede servirte. Si Shattuck no vende sus reces Hereford, ¿por qué no intentas comprar tu ganado en el territorio que queda al norte de aquí? Escuché que algunos hombres que llegaron por el Camino de Overland tienen todavía algunas cabezas de ganado para la venta.

—Siéntese —dijo Riley.

McCarty se sentó y apoyó sus brazos sobre la mesa.

—A veces, quienes se desplazan de un lugar a otro se quedan cortos de dinero y de alimentos, y venden su ganado si alguien les hace una oferta.

—Podría intentarlo.

Se abrió de nuevo la puerta y entró un hombre que permaneció de pie, parpadeando lentamente, con sus pequeños ojos azules casi escondidos entre sus prominentes pómulos y su espesas cejas. La estructura ósea de su rostro era masiva; su pelo era rubio, mezclado con algunas canas.

No era un hombre alto, pero era de contextura ancha y robusta, y se movía con una lentitud engañosa. En el chaleco bajo su chaqueta, Riley podía ver el brillo de una placa, y permaneció muy quieto. Este era el Sheriff Ed Larsen.

Los ojos de Larsen recorrieron el recinto, saludando con la cabeza aquí y allá. Por último, fijó los ojos en Riley, pero sólo por un instante. Pasó por encima de él la mirada hacia McCarty.

—Hola, Mac —dijo en voz baja y profunda—. ¿Hueles problemas de nuevo?

McCarty se encogió de hombros.

—Sabes que sí —le respondió—. Y puedes reírte si lo deseas. Ya vendrán.

—No me reiré. Vienen en esta dirección.

—¿Problemas?

—La banda de Colburn.

CAPÍTULO 4

EL SHERIFF ED Larsen dirigió lentamente sus ojos azules hacia Riley.

—¿Conoce la banda de Colburn?

—Soy de Texas.

—Acaba de llegar, Ed. Tiene un territorio al oeste de aquí y quiere comprar ganado Hereford. Le estaba diciendo que tal vez pueda encontrarlo entre los que vienen por el Camino de Overland.

—Eso creo. Tal vez. Son buenas vacas, esas Hereford. —Aceptó el café que le trajo la camarera y le echó una buena cucharada de miel—. Es territorio agreste hacia el oeste. ¿Cree que ese ganado prospere bien allí?

—Hay algunas praderas de las que puedo cortar heno para alimentarlo durante el invierno, y hay bastante forraje en esas mesetas altas. No tengo prisa. Quiero conseguir animales de buena cepa y desarrollar un buen hato.

—Ovejas —dijo Larsen—, las ovejas dan buen dinero. Más que el ganado vacuno, eso creo.

—No sé nada de ovejas.

Larsen estudió atentamente a Riley. Y después dijo:

—Debe conocer bien este territorio. Es difícil la vida hacia el oeste. Creo que no es un territorio que muchos conozcan.

—Una vez, cuando tenía dieciséis años, pasé por ahí. Acampamos dos días cerca del arroyo donde me he ubicado. Nunca lo olvidé.

—¿Ah? ¿Qué arroyo es ese?

No había cómo evitarlo, por lo que lo dijo:

—Está en una saliente de las montañas Sweet Alice, en la cabecera del Cañón Fable.

Larsen se sorprendió. Era evidente que los nombres no significaban nada para McCarty, pero el viejo sueco movió la cabeza y murmuró:

—Ese *sí* que es territorio inexplorado. Creo que nadie ha estado nunca allí y es un territorio alto… muy alto.

—Me agrada la vista.

Larsen asintió.

—Sí, eso creo. Es una buena vista.

Riley estaba intranquilo. El viejo no era tonto, y si sabía de las montañas Sweet Alice, había recorrido ese territorio más de lo que Riley hubiera podido imaginar al ver a este hombre de movimientos lentos.

Los ojos de Riley se desviaban una y otra vez a la mesa de al lado, donde estaba Marie Shattuck. Era una muchacha hermosa, y había algo en ella que le gustaba y que no tenía nada que ver con la belleza. En dos oportunidades sus miradas se cruzaron, y Pico se dio cuenta.

—¿Qué pasa, Pico? —bromeó Marie—. ¿No me animas a que me fije en él? ¿No tiene tu sello de aprobación?

El mexicano se encogió de hombros.

—A este no lo conozco, chiquita, pero creería que ha cabalgado mucho. Este no es ningún tonto.

Riley pensó de nuevo en la banda de Colburn. Si les habían disparado y algunos estaban heridos, necesitarían ayuda con urgencia. Además, necesitarían un lugar donde ocultarse por un tiempo. Y esos cañones cerca del rancho ofrecían muchos lugares donde esconderse, y cincuenta formas de salir del territorio... era una de las razones por las que había decidido establecerse en las montañas Sweet Alice.

Larsen siguió hablando sin parar del ganado, de los precios y de las condiciones del forraje. De pronto miró directamente a Riley.

—Hoy mismo compras unas semillas de flores, ¿me oyes? ¿En el almacén?

—Sí.

—Muy bien. Es muy bueno tener flores. Yo tengo rosas. Vienes un día de estos y te las muestro. Creo que un hombre que siembra árboles y flores, está aquí para quedarse. —Larsen se puso de pie lentamente y le dio la mano—. Algunas flores se dan bien en este territorio, otras no. Tenemos que darles una oportunidad.

Mientras lo miraba alejarse, Riley se preguntó si ese último comentario habría sido una indirecta. ¿Habría querido Larsen darle a entender algo más? ¿Le habría querido insinuar que tendría aquí su oportunidad? ¿O sería todo esto producto de su imaginación acalorada?

De algo estaba seguro: mientras más lejos de Larsen se mantuviera, mejor.

A la mañana siguiente, compró tres bestias de carga, todas yeguas. Las estaba cargando con los últimos suministros que había comprado cuando vio a un hombre alto, de pelo gris, que entró al pueblo a caballo por la entrada principal. Su caballo zaino llevaba la marca Running S. Tenía que ser Dan Shattuck.

Gaylord Riley bajó a pie por la calle para detenerlo y Shattuck se detuvo.

—Estoy buscando ganado Cara Blanca —le dijo Riley—, y entiendo que usted tiene unas de esas reces.

Shattuck asintió.

—Tengo algunas, pero no para la venta. —Sus fríos ojos azules examinaron a Riley—. Usted es nuevo por aquí. Por el momento, mis reces son el único ganado Cara Blanca que hay en este lugar, por lo que si llega a adquirir algunas, le sugeriría que las tenga bien apartadas de las mías. No convendría que tuviéramos problemas.

Riley sintió que lo invadía la ira, pero se limitó a decir:

—Compraré ganado Cara Blanca, y lo criaré en la pradera que he elegido, y si tenemos cualquier problema, puede estar seguro de que sabré cómo manejarlo.

Abruptamente, dio la vuelta y regresó adonde había dejado las yeguas que estaba cargando. Cruz lo miró a la cara, y luego miró al jinete que estaba en la calle, que no se había movido.

—No lo conviertas en tu enemigo, amigo —le dijo Cruz en voz baja—. Es un buen hombre, aunque terco.

—¡Que se vaya al diablo!

Martin Hardcastle salió de su taberna. Saludó con la cabeza a Cruz y luego se dirigió a Riley.

—Cuando termine con eso, entre y tómese un trago.

En la calle, el clima era cálido y agradable. Riley ignoró a Shattuck hasta que el ganadero siguió su camino calle abajo y se detuvo ante la taberna Bon–Ton, donde desmontó. Se quedó allí parado en el andén, hablando con el doctor Beaman, y los dos entraron juntos a la taberna Bon–Ton.

Cuando Riley terminó de cargar las yeguas, señaló hacia la taberna.

—Entremos para ver lo que nos va a ofrecer.

A Cruz no le gustaba Hardcastle, por lo que hizo un ademán de negación con la cabeza.

—Hay una cantina —dijo—, y una muchacha de la que debo despedirme. ¿Si el señor me lo permite...?

—Claro que sí.

Hardcastle puso una botella sobre el mostrador del bar cuando Riley entró.

—Sírvase —le dijo—. Este lo pago yo. Me agrada dar la bienvenida a un recién llegado a este territorio.

Spooner no se veía por ninguna parte, pero había otro hombre, un hombre de contextura gruesa, de apariencia descuidada, mal sentado en el asiento, que estaba solo en una de las mesas de atrás. Nick Valentz miró fijamente a Riley, luego miró hacia otro lado. ¿Dónde lo había visto *a él* antes?

Hardcastle sirvió unos tragos. —Shattuck es un hombre difícil —dijo—. Además engreído.

Riley levantó su vaso.

—¡Esto se hace así! —dijo, y se lo bebió de un sorbo. Hardcastle tenía algo en mente, y Riley pretendía descubrir qué era.

—Sé dónde puede conseguir algunas reces Cara Blanca —dijo Hardcastle—. No muchas, pero las suficientes para comenzar una ganadería.

Riley se sorprendió.

—¿Herefords?

—Sí. Tendrá que traerlas desde Moab; son como unas treinta cabezas.

—¿Incluyendo un toro?

—Sí.

—¿Cuál es el precio?

Martin Hardcastle sacó un cigarro del bolsillo de su chaleco y le cortó la punta con sus fuertes dientes blancos. Después, examinó el tabaco por un momento mientras armaba su respuesta. Puso el tabaco entre sus dientes y prendió un fósforo. Con la vista puesta más allá del cigarro mientras levantaba el fósforo para prenderlo, dijo:

—Cinco dólares por cabeza si las pastea en la meseta entre los arroyos Indio y Álamo.

A Gaylord Riley siempre le gustaba saber lo que ocurría en una comunidad, por lo que dijo:

—¿De quién es ese territorio?

—Es pradera abierta.

La oferta olía a problemas, a todo tipo de problemas. El precio era extremadamente bajo.

—Muy lejos de mi propiedad —respondió—. ¿Cuánto valen en otras condiciones?

—Es una buena oferta, y es una buena pradera.

—La oferta es demasiado buena. ¿A quién piensa pisarle los cayos?

Hardcastle se mostró indeciso. Este hombre no era ningún tonto, pero ¿hasta dónde estaría dispuesto a ir para conseguir ganado Cara Blanca? Decidió no mostrarle su juego.

—Olvídelo. Puede comprar el ganado por veinte dólares la res. Pensé que le enseñaría a Shattuck una o dos cosas. Él cree que es el único por aquí que puede tener Herefords.

—Mi terreno está más lejos —respondió Riley, en tono calmado—. Pero a veinte por cabeza, estoy dispuesto a comprar.

Hardcastle se encogió de hombros.

—Está bien... fue una idea loca, de cualquier forma. —Dejó su tabaco sobre el cenicero y tomó una pluma para escribir—. Darby Lewis trabaja para usted, y sabe dónde están esas reces. Mándelo a traerlas. No necesita ir usted, a menos que lo desee.

Riley aceptó, porque deseaba volver al rancho a la cabecera del Cañón Fable tan pronto como fuera posible.

—Envíe a Darby, y diré a uno de mis hombres que lo acompañe hasta su rancho.

—Está bien.

Riley dejó su vaso sobre el mostrador del bar. Miró a Hardcastle directo a los ojos.

—Una cosa más, señor Hardcastle. No lo conozco, y usted no me conoce a mí. Al otro lado de la calle, el señor Burrage podrá decirle que tengo dinero con qué pagar, pero cuando lleguen esas reces, quiero una factura de venta y quiero marcas sin problemas, ¿me escucha?

A Martin Hardcastle no le gustaba que dudaran de él. Sintió que le hervía la sangre, pero se controló.

—Naturalmente. Es un negocio legal.

—Y que no haya entre esas reces ninguna que haya pertenecido, en ningún momento, a Shattuck.

—Shattuck nunca ha visto este ganado.

—Está muy bien, excelente. Acaba de hacer un buen negocio.

Mientras Riley salía, Hardcastle se quedó mirándolo. *Usted también*, dijo para sí. *Usted también, joven tonto.*

DESDE EL MOMENTO en el que Gaylord Riley llegó al pueblo y expresó su interés en comprar ganado Cara Blanca, Hardcastle lo vio como el instrumento para destruir a Dan Shattuck.

Hasta cierto punto, Martin Hardcastle era un hombre razonable. Al igual que muchos que siempre han tenido éxito, había llegado a creer que cualquier cosa que decidiera era lo correcto, y le enfurecía que alguien o algo se interpusiera en su camino. Además, el éxito de Martin Hardcastle nunca se había visto frustrado hasta ese día cuando fue a hablar con Dan Shattuck.

No fue tanto el rechazo, sino el asombro de Shattuck ante su sugerencia, lo que enfureció a Hardcastle. Siempre había creído que nadie sabía de su asociación con las mujeres de la casa a la orilla del río, y durante todos estos meses de mirar a Marie, se había convencido de que no había nada imposible en su plan. Después de todo, él era un hombre rico… tan rico como Shattuck, si de eso se trataba, y entre los dos, podrían controlar todo cuanto les rodeaba.

Mientras veía a Marie ir y venir por el pueblo, pensaba que ella también se había fijado en él, y cuando se peinaba ante el espejo, se decía que era un hombre bien parecido; entonces, ¿por qué no Marie? Además, después de todo, ¿qué otra muchacha había?

Desde cuando había sido uno de los mandaderos de Tom Poole en las calles de Nueva York, Martin Hardcastle había ascendido constantemente por la escalera del éxito. Nunca le preocupó que varios de los peldaños de esa escalera fueran los cuerpos de los hombres que se interpusieron en su camino, o que sus dos fuertes puños y su resistente cráneo hubieran ayudado a conseguirle el éxito, casi en la misma medida que lo que tenía dentro de su cráneo.

De ser alguien que depositaba votos duplicados y de ser un matón a sueldo, había pasado a convertirse en celador de una casa de juegos, en un tahúr, en dueño de una casa de citas y, por último, en propietario de su propio casino.

Consciente de que cualquier éxito adicional interfería con intereses más poderosos en Nueva York, se estaba preparando para irse cuando la infortunada muerte de un hombre al que había atracado hizo que su partida fuera imperativa. Se había ido a Pittsburgh, a St. Louis, a Nueva Orleáns, y después había seguido la vía del ferrocarril hacia el oeste, donde había manejado varias "casas" en los pueblos pequeños de fin de línea.

Cuando se formó repentinamente el pueblo de Rimrock, vio allí una oportunidad y se mudó, abrió su propia taberna y luego compró otra. Prosperó de inmediato, sus tabernas se llenaron de clientes y en la casa del río el negocio iba muy bien. Compró la caballeriza y abrió un almacén en las proximidades.

Había hecho algunos negocios comprando y vendiendo caballos, y tenía un corral detrás de la caballeriza donde hacía remates semanales de animales. Además, manejaba una carnicería que vendía carne a nivel local.

Había abandonado el rancho de Dan Shattuck ese día, temblando de ira, una ira que se convirtió en odio. Ni por un instante se debilitó su propósito. Estaba decidido a conseguir a Marie.

Claro que ella no tenía idea de su reunión con Shattuck, y estaba seguro de que Shattuck no le diría nada. Fuera como fuera, esperaba la primera oportunidad para hablar personalmente con ella.

Pero no era ningún tonto. Estaba seguro de que Dan Shattuck había hablado en serio cuando le dijo que si trataba de hablar con Marie, lo haría azotar.

Había tomado una determinación. Conseguiría a Marie, pero antes de tenerla destruiría a Dan Shattuck, y su participación en esa destrucción no podría probarse de ninguna forma. El instrumento para la destrucción de Shattuck sería este joven ranchero y su ganado Cara Blanca.

Cuando Riley se fue, Valentz se acercó desde su mesa al bar.

—He visto a ese muchacho en alguna parte, pero no recuerdo dónde.

—Cuando lo recuerde —le dijo Hardcastle—, venga a decírmelo, y no se lo diga a nadie excepto a mí.

Valentz se sorprendió, porque jamás habría pensado que Riley fuera alguien importante. Aceptó un trago y se recostó contra el mostrador del bar, intentando hacer memoria. Desde el momento en que vio a Riley, supo que conocía esa cara. Sin duda había cambiado; un muchacho tan joven puede cambiar mucho en poco años. Tal vez si tratara de imaginárselo más joven... tal vez así lograría recordarlo.

Pero al mismo tiempo que Hardcastle hacía sus planes para conseguir a Marie, se estaban haciendo otros planes. Se estaban forjando justo delante de su propia puerta. Y el hombre que los estaba haciendo era Strat Spooner.

CAPÍTULO 5

GAYLORD RILEY, SEGUIDO por Cruz y por sus tres yeguas de carga, llegó al sitio del rancho en las últimas horas de la tarde.

Había sido una cabalgata larga y difícil, pero cuando faltaban unos pocos kilómetros para llegar, aceleró el paso, ansioso de estar en su tierra y montar su campamento antes de que oscureciera. Además, quería tener tiempo para ver los alrededores y saber si alguien había estado por allí durante su ausencia.

Ya no pensaba en sí mismo como un forajido —de hecho, nunca se había considerado un bandido—, sin embargo, sus amigos eran forajidos y estaban en graves problemas, y ahora lo necesitaban más que nunca.

Nada había cambiado en el lugar del rancho. Cabalgó por la saliente de la montaña con Cruz y miró hacia todos lados; ahí estaban las habituales huellas de los venados y, entre ellas, por encima, las huellas de un puma que merodeaba por el lugar.

Al irse acercando, el bajo acantilado de las montañas Sweet Alice, cubierto de álamos temblones y pinos, quedó a sus espaldas y bloqueaba la vista hacia el este. Hacia el oeste, la tierra estaba encendida... los tonos rosas y rojos de las fantásticas formaciones rocosas hacia el oeste y hacia el norte estaban iluminados por una extraña luz proveniente del color rojo fuego mate del sol poniente, mientras que los oscuros dedos de los cañones que se prolongaban en forma de garra hacia el río Colorado se veían como simples rayas negras a través del carmín.

Cruz miró el paisaje asombrado, después se dio la bendición.

—Es el territorio de un demonio —susurró—. Había oído hablar de él, pero no, ¡nunca así!

—Estamos a dos mil cuatrocientos metros de altura —dijo Riley en voz baja—, y es aquí donde he comenzado a construir, aquí donde viviré.

"Allá abajo, frente a nosotros, está el Cañón Fable, y en ese cañón mantendremos nuestro ganado durante la peor parte del invierno. El resto del año lo llevaremos a pastar a las mesetas o a la cuenca hacia el norte. Hay miles de acres de buen pasto en ese sitio, pero no podemos tener demasiadas cabezas de ganado. Esta región no soporta un consumo excesivo de pastos. He visto cuando lo han hecho, y he visto cómo después nacen cardos y artemisa... que el ganado no puede comer.

Señaló hacia la izquierda.

—Esa es la meseta del Cañón Oscuro, que se prolonga a la distancia por muchos kilómetros. Al frente, a la derecha, está la punta Wild Cow. Hacia el norte, donde van a desembocar esos cañones, está la cuenca. Allí hay arroyos, pero haremos un par de pequeñas presas para retener parte del caudal.

"Si mantenemos bajo el número de reces, con el ganado Cara Blanca nos podrá ir bien. Este ganado produce más carne por cabeza que el Cuernilargo.

Entre todas las razas, el ganado Hereford o el Cara Blanca es el mejor para este territorio. Se desarrollan mejor cuando tienen que buscar la comida y soportan bien el clima.

Jim Colburn conocía este lugar y sabía cómo llegar aquí si estuviera en condiciones de hacerlo, y sabría cómo ingeniárselas para que su presencia no fuera detectada.

Riley pensaba ahora en Cruz. Le agradaba ese mexicano delgado. Era un hombre al que no se le escapaba nada y era un buen trabajador. En términos generales, era totalmente diferente a Darby Lewis, quien se había ido a caballo hasta Moab por el ganado.

Lewis era un hombre casual, despreocupado, perezoso, un vaquero eficiente, pero el tipo de persona que, a cualquier momento, podía decidir montar su caballo e irse al pueblo, simplemente porque ya contaba con suficiente dinero ahorrado o porque se había cansado de trabajar. También —y era un rasgo que a Riley no le agradaba— tendía a hablar en exceso. Esta era una cualidad poco deseable teniendo en cuenta los visitantes que debía esperar.

Desensillaron los caballos y armaron el campamento. Una y otra vez Cruz contemplaba el territorio que los rodeaba.

—Es hermoso, amigo —dijo al fin—. No me sorprende que te guste estar aquí.

Acamparon a la intemperie, bajo los árboles. Las paredes de la casa ya estaban en construcción, y Riley había construido un corral de postes. Acamparon a sólo unos pocos metros del corral donde dejaron sus caballos, pero desde el campamento tenían una buena visibilidad de todo el territorio a su alrededor y del camino por el que habían venido.

Era posible que el Sheriff Ed Larsen ignorara la situación como parecía ser el caso, y también era posible que estuviera dispuesto a olvidar lo pasado, en caso de que sospechara que Gaylord Riley fuera uno de los antiguos miembros de la banda de Colburn; pero Riley no estaba dispuesto a creerlo.

Al amanecer, salió de su cama acogedora y abrigada y en el aire frío, prendió una hoguera y preparó café. El aire de la mañana era increíblemente diáfano, y mientras trabajaba escuchaba, porque el sonido podría viajar muy lejos.

Cruz se levantó también, se vistió y se fue al corral a enlazar los caballos; los ensilló sin decir nada y regresó adonde estaba la hoguera. Mientras estaba listo el desayuno, Riley examinó el territorio. En dos oportunidades detectó movimiento a la distancia; al menos una vez, se trató de un venado. En cuanto al segundo movimiento, no estaba muy seguro. Lo percibió en forma demasiado momentánea como para tener algo más que una sospecha, pero creía que había sido un hombre... y no debería haber ningún otro hombre en ningún lugar de los alrededores.

Mientras Cruz organizaba el campamento, Riley caminó dando un gran rodeo, examinando todo el terreno. No vio huellas, a excepción de las que había visto la noche anterior, pero sí encontró un antiguo camino casi totalmente desdibujado que llevaba aparentemente hasta la cima de las montañas Sweet Alice, a unos ciento cincuenta metros arriba del rancho. Lo recordaría y lo ensayaría. Desde esa altura, podría divisarse todo el territorio.

Durante todo el día cabalgaron bajando hacia el Cañón Fable y recorriendo un borroso sendero a lo largo de la ladera de la punta Wild Cow hacia la cuenca. Exploraron los dos arroyos, encontraron un lugar del terreno donde se filtraba el agua y escogieron un par de lugares para construir dos pequeñas presas.

Alejándose del arroyo al extremo sur, Riley vio de repente las huellas cerca de la boca de un cañón. Al menos seis caballos, todos herrados, que avanzaban en grupo. No quiso llamar la atención a la existencia del sendero, por lo que escasamente lo miró.

Cabalgaba a unos cuatro metros de distancia de Cruz en ese momento, y las huellas estaban hacia su derecha y fuera de la vista del mexicano, por lo que Riley giró hacia donde se encontraba su compañero y cabalgaron hacia arriba por el cañón, cruzando la cima de la montaña, y regresaron a su rancho. Para cuando llegaron, ya había oscurecido.

Seis caballos... ¿cuatro hombres y dos bestias de carga? O ¿un gruido de seis hombres al mando del sheriff? Las huellas eran frescas... muy probablemente de esa mañana, aproximadamente al amanecer. O posiblemente más tarde. Cruz no era ningún tonto, y si veía esas huellas, sentiría curiosidad.

—Mañana trabajaremos en la casa —dijo Riley—, si no tienes objeción para trabajar sin el caballo.

—Muchos vaqueros no se comprometían a realizar ningún trabajo que no pudieran hacer desde una silla de montar, y se ofendían de que se lo propusiera—. Hay mucho que hacer aquí.

Preocupado como estaba por Colburn y los demás, Riley sentía verdadera fascinación por la tarea que tenía ante sí. Estaba construyendo una casa... un hogar. Jamás en su vida había tenido nada que pudiera llamar su hogar, y había pasado la mayor parte de su vida a la intemperie. Sin embargo, estos mismos troncos que estaba colocando en su lugar eran las paredes de la casa donde, con un poco de suerte, viviría toda su vida.

Obsesionado por esta idea, se exigió al máximo, trabajando cada vez más duro y más rápido, hasta que, por último, Cruz se puso de pie y dio un paso atrás.

—Mañana será otro día, amigo —dijo en voz baja.

Riley se puso de pie, algo avergonzado.

—Seguro —respondió Riley. Desde el otro lado de la edificación miró a Cruz—. Es sólo que nunca antes tuve una casa.

—¿Ah sí?

Cruz encendió un cigarrillo.

—Razón de más, entonces, para construirla despacio y con cuidado para que dure.

Señaló a las ampollas que Riley tenía en las manos.

—Pienso que hace mucho tiempo que no trabajabas con tus manos, amigo.

No dijo más, y Riley no hizo ningún comentario, no le dio ninguna explicación. A Cruz se le pasaban por alto pocos detalles, y mientras más trabajaba Riley con él, más le gustaba.

Al tercer día, Riley partió de nuevo a caballo con Cruz y mató un venado. Fue un buen disparo; el animal estaba corriendo, y el tiro le rompió el cuello, justo arriba del hombro.

Esa noche, hablaron por largo tiempo cerca del fuego, y Riley completó un poco la información que había obtenido en el archivo de periódicos de la oficina del *Rimrock Scout*. La imagen que empezaba a ver se iba completando poco a poco, con más información por aquí y por allá, y de esa imagen comenzaban a surgir tres hombres.

Dan Shattuck… Martin Hardcastle… y el Sheriff Ed Larsen.

Los fue clasificando mentalmente, le asignó a cada uno una etiqueta y volvió a repartir las tres cartas, estudiándolas con atención. Porque él era un forastero en tierra extraña; era un hombre que tenía mucho pasado tras de sí y toda una vida aún por vivir, y esos tres hombres podrían participar todos en su juego. Sería mejor conocerlos bien, para entenderlos a fondo.

Eso también era algo que había aprendido de Jim Colburn, porque el éxito de Jim se debía no sólo a la planificación cuidadosa de los robos que cometía y de la forma de escapar, sino al análisis de los hombres que trabajaban en los distintos bancos, o que conducían las diligencias.

¿Cuál estaría más preparado a correr riesgos? ¿Estaría este otro tratando de forjarse una reputación? ¿Ese otro estaba nervioso? ¿Estaba disgustado con su esposa y existía la posibilidad de que se desquitara con cualquiera? ¿Era ese otro un hombre cauteloso?

¿Era este un temerario? ¿Cuáles tenían familias en las que debían pensar?

Por lo tanto, Riley ahora estudiaba a los hombres que tenían relación con el caso. Shattuck, con sus extensas propiedades, su ganado Cara Blanca y su sobrina, Marie. Todas estas eran cosas de las que estaba orgulloso; también se sentía orgulloso de sus antecedentes familiares, y de su honor e integridad.

¿Martin Hardcastle? Un avivado y un arribista, un hombre con un ego enorme, inmensamente pagado de sí mismo, un hombre con verdadera lujuria por el poder y por la notoriedad.

¿El Sheriff Ed Larsen? Un viejo, un hombre cauteloso, un hombre que no conoce el miedo. Era un mormón que mantenía una buena relación con su iglesia. Vino al oeste de niño con los mormones de Las Carretas de Mano, en su mayoría europeos, que habían atravesado las llanuras trayendo sus escasas pertenencias en carretillas manuales.

Además, en Rimrock, vagando por los alrededores de la taberna de Hardcastle, y ocasionalmente saliendo del pueblo a caballo en misiones que nadie conocía, estaba Strat Spooner. Y Spooner tenía sus propias lujurias y sus propios deseos.

Un hombre huesudo, descarnado, que se ponía las botas sin la protección de unas medias, que usaba camisas con cuellos grasosos que no habían sido lavadas en mucho tiempo, Strat Spooner trabajaba para Martin Hardcastle apenas hasta cierto punto. El oeste albergaba muchos jinetes que cabalgaban para una determinada marca, hombres que eran propiedad feudal en todo el sentido de la palabra, imbuidos de una fiera lealtad hacia su rancho, hacia la marca, hacia el patrón. Strat Spooner no era de esos. Era un mercenario, un pistolero a sueldo, un cuatrero ocasional, un ladrón y un asesino, un peligroso hombre armado cuya única lealtad era hacia él mismo. Servía, pero servía por dinero. Su lealtad parecía siempre obvia, pero siempre la daba con reservas.

Strat Spooner con frecuencia despreciaba a aquellos para quienes trabajaba, pero no despreciaba a Martin Hardcastle. Sabía que el tabernero era un hombre peligroso, pero no tenía la menor idea de que Hardcastle estuviera interesado en Marie Shattuck. Si lo hubiera sabido, tampoco le habría importado.

Strat Spooner deseaba a Marie Shattuck con una lujuria salvaje que él era lo suficientemente astuto como para reconocer que podría significarle la muerte. Conocía muy bien el temperamento de los habitantes de los pueblos del oeste para saber que la horca sería el menor de los castigos que podría recibir por violar a una mujer… si lo atrapaban.

Tampoco le gustaba la apariencia del viejo Pico. El mexicano era un hombre rudo y capaz, un excelente rastreador, un hombre peligroso con una pistola y un hombre que aparentemente tenía un sexto sentido para adivinar lo que otro podría hacer.

Marie Shattuck no era solamente una muchacha hermosa, no sólo una muchacha inteligente con carácter; era una muchacha que había nacido con ese don particular, ese algo que hace que todos los hombres que la miren la deseen.

En el mismo momento en el que Hardcastle estaba

haciendo sus planes, Strat Spooner, sentado en el andén de madera afuera de la taberna, pensaba por su cuenta. Sus planes no eran tan concretos como los de Hardcastle, porque él no era ese tipo de hombre. Esperaría, y observaría y cuando llegara la oportunidad, no la dejaría escapar… tampoco a ella.

TREINTA Y DOS cabezas de ganado Cara Blanca llegaron a Rimrock por el camino desde Moab. Darby Lewis y dos vaqueros que trabajaban para Hardcastle las trajeron, reuniéndolas para pasar la noche en un pequeño potrero justo afuera del pueblo. De pie en la puerta de su taberna, Hardcastle vio a Lewis y a uno de los otros vaqueros entrar al pueblo a caballo.

Habían hecho el viaje en poco tiempo, en menos tiempo de lo esperado; y ahora que estaban aquí, podía iniciar la primera parte de su plan. Antes de que terminara, Dan Shattuck quedaría en la quiebra y destrozado, y Marie se daría por satisfecha de que cualquier hombre estuviera dispuesto a aceptarla.

No había nada en la mente de Martin Hardcastle que aceptara acciones a medias. Cuando se proponía destruir a un enemigo, sus planes eran destruirlo total y completamente, porque no quería que quedara nada de él que pudiera resurgir para vengarse.

Iba a destruir a Dan Shattuck e iba a conseguir a Marie, y el instrumento para su destrucción sería Gaylord Riley. El pequeño grupo de reces Cara

Blanca era el primer paso. Las demás etapas del plan estaban a la espera de su ejecución.

Se le ocurrieron estas palabras, y le gustó cómo sonaban. Se las repitió para sí: *a la espera de su ejecución.*

CAPÍTULO 6

MIENTRAS RILEY LEVANTABA las paredes de la casa que estaba construyendo, podía ver todo el panorama que lo rodeaba, y era un territorio vacío. Sin embargo, no siempre había sido así.

Había viviendas en los acantilados del Cañón Fable, había otras ruinas en varios de los cañones de los alrededores y en la cuenca. ¿Quiénes habitaron aquí? ¿De dónde vinieron, y adónde se fueron? Pero ante todo, ¿por qué se fueron?

Desde que los navajo se mudaron de Bosque Redondo y se establecieron al norte de Nuevo México, unos pocos prosiguieron hacia los extensos territorios al sur de los ríos Colorado y San Juan, pero ninguno llegó hasta aquí. Ocasionalmente, algunos grupos de guerreros ute habían cabalgado por este lugar, pero muy pocos en número, y con poca frecuencia.

Era una tierra embrujada, misteriosa, y los fantasmas de todos esos pueblos prácticamente olvidados permanecían allí. Con mucha frecuencia aparecían ellos en los límites de los pensamientos de Riley.

Durante las semanas siguientes a su llegada a las montañas Sweet Alice, había excursionado por varias de las ruinas. Entre una de esas ruinas había encontrado una olla que colgaba bajo un gran árbol, para mantener el agua fría, y la había limpiado cuidadosamente. Había fragmentos de cerámica, puntas de flechas y unos cuantos raspadores. Eran objetos que podía reconocer. El problema de los pobladores desaparecidos lo intrigaba, pero tenía poco tiempo para dedicarse a pensar en esas cosas.

Entre el ganado Cara Blanca traído de Moab, había algunas reces buenas, pero la mayoría eran apenas aceptables. El toro era viejo, pero tenía rasgos de buena raza. Mantuvieron el ganado recogido en la meseta cercana, para permitirle adaptarse a su nuevo hogar y al camino hacia el pozo de agua en el Cañón Oscuro a poca distancia de allí.

Durante la primera semana, mataron dos pumas, uno de ellos mientras se alimentaba de un joven venado. Pasó más de una semana desde cuando Riley descubriera las huellas de los seis caballos abajo en la cuenca antes de que pudiera volver solo a ese lugar. En varios sitios, el paso de los venados o las ráfagas de polvo habían borrado casi por completo las huellas, pero Riley pudo descifrar su recorrido.

Habían seguido el rastro de un deslave por el tope de la meseta, sobre la cima de la montaña y hacia una profunda depresión en los montes bajo el reborde oriental del monte del Caballo. Aquí habían levantado un campamento, pero ahora se encontraba desierto.

Inquieto y preocupado, Riley recorrió los alrededores estudiando los signos. Al borde de lo que había sido una hoguera, encontró un pequeño fragmento de tela manchada de sangre, chamuscada por los bordes, sin duda una venda. Encontró huellas de pisadas de tres hombres, y un lugar donde la hierba y las agujas de pino habían sido apiladas para formar un colchón debajo de una manta. Alrededor había huellas de botas.

Se trataba entonces de tres hombres que podían caminar, y uno que estaba herido. Riley recorrió el lugar examinando cada detalle del campamento.

No había agua. El arroyo más cercano estaba a unos tres kilómetros al sur, y habían traído agua hasta este lugar... era evidencia de que tenían miedo de que los estuvieran persiguiendo y deseaban estar lejos de cualquier pozo de agua conocido. Siguiendo un borroso sendero hasta la cima del monte del Caballo, más de trescientos metros arriba de la depresión, descubrió el lugar donde había permanecido un hombre a la espera, vigilando. Desde ese punto de la montaña se podían ver todos los caminos.

Regresó al campamento desierto y, durante un rato más, revisó todo alrededor. Había suficiente evidencia para convencerlo de que, sin duda, había sido el campamento de Jim Colburn y los demás. Conocía todos los pequeños trucos y los dispositivos que utilizaban para facilitar la vida en el campamento, los conocía demasiado bien como para equivocarse.

En la montaña, Kehoe y Colburn se habían turnado para vigilar los caminos. Esto lo supo por las colillas de tabaco y cigarrillo que encontró allí. Estaba seguro de que el herido era Weaver. Habían permanecido en el campamento al menos durante una semana, y cuatro hombres a caballo se habían ido de allí con dos bestias de carga.

Más tranquilo, Riley dejó el campamento y se dirigió en su caballo a lo largo de la meseta, hacia el suroeste, por un antiguo sendero indio, prácticamente invisible a esta hora de la tarde, porque ya caía la noche. Lo siguió, atravesando la cabecera del Cañón del Sendero hasta la meseta del Cañón Oscuro, y acababa de empezar a subir desde la depresión que había al comienzo del Cañón del Sendero cuando oyó, a alguna distancia, una piedra que golpeaba contra las rocas.

Se irguió en la silla y escuchó con atención.

Cuando se ocultó el sol, la temperatura bajó y la noche era fresca; no había la más mínima brisa. Prestó atención por varios minutos y no oyó nada más, sin embargo, estaba seguro de que había algo allá abajo en el cañón... algo que no era un animal, sino un hombre. No podía explicar por qué estaba tan seguro de que lo que había oído era un hombre, pero todos sus instintos le indicaban que era así.

Cuando llegó de nuevo al rancho, encontró una buena hoguera. Cruz estaba sentado cerca al fuego, preparando la cena. Darby Lewis trabajaba en una reata que estaba trenzando de delgadas tiras de cuero de vaca.

Cruz levantó la vista y miró a Riley, sin decir nada. Fue Darby el que habló.

—Cabalgando tarde —dijo—. Esperaba que nos hubieras cazado un venado.

—Sólo vi uno... demasiado lejos.

Riley bajó del caballo y lo desensilló. Pensaba que tendría que ir a Rimrock. Necesitaban más caballos, y quería buscar ganado.

———

MARIE SHATTUCK TENÍA curiosidad. Sólo había visto a Gaylord Riley por un momento, pero constantemente pensaba en él... y era bien parecido.

Peg Oliver se encontró con ella cuando bajaba de la carreta.

—Marie, ¿no me dijiste que habías conocido a Gaylord Riley? ¿Ese nuevo ranchero?

—Sí, lo conocí.

—Vamos a hacer una fiesta en el rancho. ¿Por qué no lo invitas?

—No lo conozco tanto —respondió indecisa—. De cualquier forma, no creo que a tío Dan le gustara.

—Eres la única que lo conoce, y todas las muchachas esperan que venga a la fiesta. Todavía no ha ido a ninguna.

—Está muy ocupado, eso imagino. De todas formas, su rancho queda muy lejos del tuyo, ya sabes.

—Marie, ¡sabes muy bien que eso nunca ha sido obstáculo para nadie! Mira, si hasta algunos de los muchachos cabalgan cincuenta o sesenta kilómetros para ir a un baile.

—Está bien, si llego a verlo…

————

EL SHERIFF ED Larsen estaba sentado en la taberna Bon–Ton con Sampson McCarty, y el periodista sabía que por tranquila que fuera su apariencia para cualquiera que lo viera, el sheriff estaba preocupado.

—Una comunidad pacífica —murmuró Larsen, ante la pregunta que le hiciera McCarty—. Quiero mantenerla así.

McCarty lo miró fijamente.

—¿Hay algo en el ambiente?

—Algunos cabalgan demasiado en la noche —dijo Larsen, en tono gruñón—. Y no hay indicios de la banda de Colburn. Como si se hubieran desaparecido de la faz de la tierra.

Justo en ese momento, Darby Lewis abrió la puerta y entró, saludando con la mano. McCarty le señaló una silla frente a él.

—Siéntate… te invito a un café.

Darby sonrió.

—Lo haré, aunque debo decir que ese mexicano hace un buen café.

—¿Cruz? Es un buen hombre. —McCarty hizo una pausa—. ¿Qué tal tu nuevo trabajo?

—No está mal, pero él no tiene suficientes reces para que sea un buen trabajo de vaquero. Hay demasiado trabajo manual. Construir la casa, hacer cercas, ese tipo de cosas.

—¿Cercas?

—Así es. Está cercando algunas de las mesetas. Así puede controlar a sus reces hasta que se acostumbren y sepan donde viven.

Darby Lewis bebió su café, agradecido.

—Ese Riley sabe de ganado —dijo.

Después les contó acerca de la casa, de los corrales, de las presas. Larsen escuchaba, pero no hizo preguntas. Era evidente que este Riley había venido para quedarse. Estaba trabajando en cosas que tendrían efecto a largo plazo.

—¿Ha dicho algo acerca de buscar minas? —preguntó Larsen, en un intento por obtener más información acerca de él.

—No mucho. En una oportunidad dijo que había trabajado temporalmente como minero…

McCarty estaba sentado de espaldas a la puerta, pero Larsen estaba mirando en esa dirección cuando llegaron dos jinetes a la taberna de Hardcastle. Estaban cubiertos de polvo, y sus caballos se veían agotados. Cuando los dos jinetes desmontaron, permanecieron de pie por un momento y estiraron la espalda, como hacen los jinetes que han cabalgado un largo trecho.

Eran forasteros en Rimrock y uno de ellos traía dos pistolas. Las marcas de sus caballos eran desconocidas, y ambos montaban sillas de doble cincha, estilo tejano.

¿Pistoleros…?

—Hace días que no veo a Spooner —comentó de pronto McCarty.

—Está aquí ahora —dijo Darby—. Llegó a caballo justo después de nosotros.

Gaylord Riley caminó despacio por la corta calle de Rimrock. Había visto a Strat Spooner entrar al pueblo, y lo había visto llevar su caballo al establo de la caballeriza. Y era un caballo que había cabalgado mucho.

¿Era coincidencia que Spooner hubiera llegado tan pronto después de que Riley y Darby Lewis llegaran al pueblo? ¿O Spooner los había estado siguiendo?

Los dos años como bandolero y los años anteriores que estuvo persiguiendo a los asesinos de su padre lo habían convertido en un hombre muy desconfiado. Siempre miraba hacia atrás, y sospechaba de cualquier ruido, de cualquier motivo, de cualquier movimiento.

Que él sepa, nadie lo estaba buscando, pero a Colburn y a los otros sí, y era probable que Spooner fuera un buscador de recompensas. Sin duda se estarían ofreciendo recompensas por los cuatro.

Hardcastle era el vendedor de animales en el pueblo, y a él acudió Riley para comprar caballos. Al entrar por las puertas de vaivén de la taberna, observó a dos hombres en una intensa conversación con Spooner y Hardcastle, al extremo más distante del mostrador del bar. Cuando entró, Hardcastle levantó la vista, lo miró y luego se acercó caminando a todo lo largo del mostrador hacia donde estaba él.

—¿Cómo estás, Riley? ¿Qué vas a tomar?

Los dos hombres voltearon a mirar. Spooner les dijo algo en voz baja, y miraron otra vez. Uno de los dos hizo ademán de negación con su cabeza.

—Tomaré güisqui de centeno, y luego hablaremos de caballos… si tienes algunos para la venta.

Hardcastle sacó una botella de la parte de abajo del bar y sirvió dos vasos.

—Te saldría mejor comprarlos directamente —le dijo en tono amable—. Ahorrarías dinero. No tengo nada que pudiera gustarte, pero he oído decir que Oliver en el rancho Boxed O tiene unos cuantos caballos.

Alzó su vaso.

—Suerte —le dijo, y luego comento—: Lástima que Shattuck no te vendiera algunas de sus Herefords. Vas a necesitar más ganado.

—Estoy dispuesto a comprar.

—En cuanto a esos caballos —dijo Hardcastle—. Tal vez Oliver no quiera vender. Según he oído, Shattuck ha pasado la voz.

—¿Qué quiere decir con… 'ha pasado la voz'?

—Les ha dicho a todos que no te vendan nada.

Quiere ser el único que tenga ganado Hereford por aquí. Teme que si alguien más tiene reces de esa raza, pueden robar parte de su ganado.

—No tiene por qué preocuparse.

Riley terminó su trago y salió, deteniéndose en la calle. Lo que Hardcastle le había dicho prácticamente no lo afectó, en parte porque Riley nunca daba por hecho las cosas que le decían otras personas, porque sabía que la mayor parte de esa información eran chismes maliciosos o irresponsables, basados en los rumores infundados. Lo que le preocupaba eran los dos hombres que estaban al extremo del mostrador del bar; no los había visto antes, pero conocía a los de su calaña.

Sus caballos, amarrados en la barda a la entrada de la taberna, le confirmaron lo que apenas había imaginado. Venían de Texas —reconoció una de las marcas; y la doble cincha era aún un monopolio casi exclusivo de Texas— y eran pistoleros a sueldo. Sus caballos eran demasiado buenos, sus sillas y los demás aperos eran demasiado costosos para vaqueros ordinarios.

Pero ¿por qué aquí... en Rimrock? Estos hombres casi siempre seguían la corriente de las guerras por ganado, de los duelos feudales, y no había ese tipo de cosas ni al norte de Arizona ni al sur de Utah.

¿Cazarrecompensas? Tal vez.

Casi sin proponérselo, vio la marca Boxed O en una carreta que se encontraba frente al almacén general, y hacia allí se dirigió.

Peg Oliver era de corta estatura, regordeta y atractiva, una de esas muchachas alegres, amistosas, extrovertidas, que a todos les agrada. Estaba hablando con Darby Lewis.

Darby se acercó a saludar.

—Jefe, esta es Peg Oliver. Van a tener una fiesta en su casa, y estamos invitados.

Ella se dirigió a Riley, y sus ojos brillaban con expresión ansiosa.

—¿Vendrá usted, señor Riley? Después de todo, imagino que querrá conocer a sus vecinos, y todos estarán allí.

Él titubeó y luego asintió.

—Sí, iremos, y muchas gracias. —Comenzó a hablar de los caballos y luego se arrepintió. Eso podía esperar hasta que conociera a su padre.

Sampson McCarty salió a la puerta de su oficina y le hizo una seña a Riley para que se acercara.

—¿Me disculpa, por favor, señorita Oliver? La veré en la fiesta.

Los ojos de McCarty brillaban.

—Veo que ya te enlazaron... ten cuidado de que ella no te amarre como un cerdito.

Riley sonrió.

—No hay peligro. Soy bastante esquivo cuando de mujeres se trata. No tengo mucha experiencia en ese campo.

—Entonces, estás en más problemas de los que imaginé. Si vas a escapar de las mujeres, tendrás que saber algo sobre ellas... y aún sabiéndolo, eso no ayuda.

—¿Quería hablarme?

—Así es. Estabas buscando ganado Cara Blanca o Cuernicorto. Te tengo una información.

Entró a la oficina y Riley lo siguió.

—Me gusta ver a un joven que pretenda superarse, y me acabo de enterar de esto. Has estado preguntando por ganado Hereford y Durham… o Cuernicorto, si quieres llamarlo así. Bien, ¿sabes dónde queda Spanish Fork?

—Sí.

—Un novato llamado Beaman oyó hablar de las rutas de Texas, y decidió hacer uno de estos viajes desde Oregon. Compró tres mil cabezas de Durham y Hereford mezcladas, con una que otra res de otras razas, entre ellas ganado lechero; y se dirigió hacia el este a Kansas.

"Los vaqueros que lo acompañaban en este viaje lo abandonaron en Spanish Fork. Oyeron hablar de los ataques de los sioux en Wyoming y Nebraska y no quisieron arriesgarse. Él tiene ese ganado en las afueras de Spanish Fork, al menos ahí estaba la semana pasada. Y está dispuesto a vender.

Riley pensó en el territorio que separa a Rimrock de Spanish Fork, gran parte del cual le era familiar. El camino conocido como Sendero de los Forajidos atravesaba ese territorio, un sendero que pocos, con excepción de los forajidos y los indios, conocían, en un territorio agreste, inexplorado. Traer ganado por la vía principal sería una locura, porque había granjas con sembrados de trigo a los que el ganado podía causar más daños de lo que costaban las reces. Pero si uno conocía los abrevaderos…

—¿No lo sabías? —dijo—. Shattuck no quiere que nadie me venda nada a mí. Al menos eso me han dicho.

McCarty se encogió de hombros.

—Shattuck es un buen hombre, pero en lo que se refiere a ese ganado Hereford suyo, es como un perro en un pesebre. De cualquier forma, tuvo su oportunidad y la rechazó.

Riley se quedó mirándolo, esperando que continuara.

—Lo rechazó porque dijo que no había ningún hombre que fuera capaz de traer ese ganado hasta aquí sin tener que pagar daños a cada uno de los granjeros a todo lo largo de ese recorrido.

—Entonces ¿por qué me lo dices?

McCarty esbozó una sonrisa.

—Pensé que tal vez se te hubiera ocurrido otra cosa.

CAPÍTULO 7

EL RANCHO BOXED O tenía una casa enorme y amplia. Oliver era un caballero de Illinois, amigo de los mormones, que los había ayudado con los problemas que tuvieron allí y en Missouri; como resultado, algunos de sus vecinos no lo aceptaban. Al migrar al oeste, se había instalado entre los mormones, y durante quince años su rancho había sido el cuartel general de los que venían a establecerse en la vecindad y también un hotel para quienes viajaban por el territorio.

Al principio, los viajeros fueron muy pocos, luego su número aumentó, pero quienes venían a establecerse fueron cada vez menos y llegaban con menos frecuencia a este vasto y abierto territorio donde había decidido vivir. En realidad, Dan Shattuck había sido su primer vecino, y sus ranchos estaban a kilómetros de distancia.

Desde el comienzo, el rancho de Oliver fue diferente de los demás ranchos del suroeste porque, al igual que sus amigos mormones, no basaba su negocio exclusivamente en ganado de engorde. Sembró maíz, trigo y centeno, y cultivó vegetales, crió pollos y tuvo colmenas de abejas. Desde el principio, la operación fue un éxito; llegó a ser autosuficiente al cabo de un año y un negocio lucrativo durante casi todos los años de ahí en adelante.

Gaylord Riley se detuvo en un bosquecillo de álamos a unos pocos kilómetros del rancho y se cambió su ropa de vaquero. Se bañó en el arroyo y luego se vistió con el vestido negro de paño que había comprado en su último viaje a California. Empacó su ropa de vaquero en su chubasquero y la enrolló detrás de la silla; montó su caballo de nuevo y se dirigió al rancho Oliver.

Había ya allí en el patio del rancho media docena de carretas, y la baranda de amarre y las cercas del corral estaban todas bordeadas por los caballos de los vaqueros y de otras personas que habían venido de todo el territorio.

Se detuvo indeciso en la oscuridad después de amarrar su caballo. Se sacudió la ropa con la mano, se cercioró de que el ala de su sombrero estuviera bien y pasó los dedos por dentro del cuello de su camisa. Hacía mucho tiempo que no usaba camisa de cuello y corbata.

La última vez fue en Los Ángeles, a donde había ido la banda de Colburn para una celebración. Como desconocidos en ese lugar, habían pasado por rancheros y compradores de caballos de Arizona, y se habían alojado en el elegante hotel Pico House. Fueron a la ciudad a descansar, a fumar buenos cigarros, a comer cosas que no tenían que cocinar ellos mismos y a tomar los mejores vinos.

Ahora, parado aquí en la oscuridad mientras observaba los grupos de personas que reían y hablaban en los amplios balcones, Riley se alegraba de haber pasado esas pocas semanas en la costa. Había podido tener una de las escasas oportunidades de su vida de conocer personas distintas de los vaqueros y los forajidos.

Había poco que hacer, fuera de ir al nuevo Teatro Merced vecino al hotel, o pararse en el andén a ver pasar las diligencias que venían de Wilmington, pero había podido conocer gente. Por sorprendente que parezca, fue Kehoe quien le enseñó lo que tenía que saber, porque este alto bandido irlandés tenía los modales de un caballero cuando estaba en sociedad, y se comportaba con una cierta elegancia que Riley se había esforzado al máximo por imitar.

Fue Kehoe, con su modo de ser amigable y despreocupado y sus finos modales, quien hizo amigos, y él y Kehoe fueron invitados a algunas de las mejores casas de la ciudad.

Sin embargo, nunca había podido superar una cierta timidez cuando se encontraba entre extraños, y ahora, mientras se dirigía lentamente a la casa, se daba cuenta de que no conocería a nadie allí, con excepción de una o dos personas.

Todos eran bienvenidos, eso lo sabía, pero temía encontrarse con alguien que pudiera haberlo conocido en otra parte. Era esto, unido a su timidez natural, lo que no le permitía decidirse a entrar.

Por último, después de tocar su pistola para tranquilizarse asegurándose de que la tenía, se dirigió a la casa. Todos lo miraban, y varios voltearon a mirarlo cuando pasó. Consciente de que estaba en evidencia, subió las escaleras.

La primera persona que vio al entrar por la puerta fue Marie Shattuck. Ella miró hacia la puerta en el momento en que él entraba, y por un instante, se quedó quieta, con la vista fija en él, sorprendida ante su inesperada llegada.

—¿Señorita Shattuck? —Habló en su mejor acento estilo Kehoe—. Me agrada volverla a ver.

—Ay, sí... yo no sabía... es decir, no esperaba verlo aquí.

—Yo lo invité. —De pronto, Peg Oliver apareció a su lado—. Después de todo, no podemos permitir que piense que no acogemos a los forasteros.

Vio que Dan Shattuck, al otro lado del salón, se volteaba a mirarlo, y vio cómo la expresión de su rostro se tornó sombría.

—No me puedo quedar mucho tiempo —dijo—. Me espera un largo viaje a caballo.

—¿Se va? —Marie pareció sorprenderse con la intensidad de su propia voz, y vio cómo Peg le lanzó una rápida mirada.

—A comprar ganado —dijo—. He oído de alguien a quien le puedo comprar si me apresuro.

De pronto, Dan Shattuck se aproximó al grupo.

—Si está pensando en el ganado que se encuentra en Spanish Fork —dijo—, perderá su tiempo. Los granjeros que viven cerca de esa ruta no permitirán el paso de ningún ganado.

—Yo lo traeré.

Dan Shattuck estaba molesto. Este joven lo perturbaba y lo enfurecía, y eso lo hacía disgustarse aún más. ¿Por qué habría de preocuparse por lo que hiciera Riley? Sólo que... sus reces eran las únicas Caras Blancas en el territorio, y de eso estaba orgulloso. Además, estaba el problema del robo de ganado... mientras sus reces fueran las únicas de su raza, su ganado estaba relativamente seguro. ¿Pero cuál de estas dos razones era la más importante?

—Tendrá que tener vaqueros —dijo—, y no son fáciles de encontrar. Pero aún con suficientes hombres, no hay forma de pasar reses por esa ruta, a menos que les nazcan alas.

Había comenzado la música y Riley se dirigió rápidamente a Marie:

—¿Quiere bailar conmigo? —Su pregunta fue muy rápida, para impedir que su tío pudiera interrumpirlo, y en un instante, mientras el rostro de Dan Shattuck adquiría de nuevo una expresión de ira, estaban en el centro del salón bailando con los demás invitados.

—Es un hombre bien parecido, tío Dan —dijo Peg—, y le gusta Marie.

—¡Es un absoluto tonto! —respondió Shattuck en tono seco, y se alejó.

Gaylord Riley bailaba bien, porque era un hombre ágil con los pies y llevaba el ritmo en la sangre, y había habido épocas en las que en distintos sitios del territorio había bailado con muchachas desde el río Grande hasta Sacramento.

—Baila usted muy bien, señor Riley —dijo Marie.

—Es porque bailo con usted —respondió, y se sorprendió ante la facilidad con que le salieron las palabras.

—Entonces, ¿se quedará con nosotros?

—Sí.

—No debe dejar que tío Dan lo preocupe. Es un buen hombre, pero muy orgulloso.

—Tengo muchas otras cosas de qué preocuparme

—respondió, y luego, mirándola a la cara—: No he conocido muchas muchachas.

—Eso no lo creo —respondió ella sin titubear, y luego agregó—: usted le gusta a Peg.

—A mí ella me gusta —aceptó—, y fue ella quien me invitó a venir.

De pronto, se le acabaron las frases intrascendentes. Un pequeño hombre delgado y jorobado, con su cara profundamente surcada de arrugas, estaba parado al otro extremo del salón. Llevaba una pistola en la cadera, y no le quitaba los ojos a Riley.

—¿Qué ocurre? —preguntó rápidamente Marie—. ¿Se siente bien?

—Nunca me sentí mejor —respondió—, pero salgamos de aquí.

Ese hombre era Desloge, un bandido, uno que Riley había conocido extraoficialmente cerca de Lordsburg... en un pueblo llamado Shakespeare. ¿Qué estaba haciendo en este territorio y sobre todo *aquí*?

Nunca le había gustado ese hombre, y Jim lo había rechazado de plano cuando Desloge le sugirió que lo incluyera en su banda. Era un pistolero a sueldo, pero lo que se decía de él iba más allá. En varias oportunidades estuvo con otros bandidos que desaparecieron de pronto, y con otros que, en circunstancias peculiares, fueron a parar a manos de la justicia. Nadie pudo probarle nada, pero habían pasado demasiadas cosas como para que fueran simple coincidencia.

Y ahora estaba aquí, y Riley estaba seguro de que lo había reconocido.

¿Cuánto tiempo había pasado? Casi dos años, y Riley había cambiado... pero no lo suficiente.

Se quedaron de pie en el porche, rodeados de otras parejas, y hablaron tranquilamente. Por primera vez, Riley olvidó quién era y lo que había sido y se comportó simplemente como un hombre que hablaba con una muchacha. De vez en cuando, se daba cuenta de que varios otros jóvenes deseaban interrumpirlos, pero ninguno se atrevía.

Desloge apareció en la puerta, y Riley vio cómo miraba hacia todos lados buscando algo. Era hora de irse.

De pronto vio a Darby Lewis, cerca de la luz de una lámpara.

—Marie —dijo apresuradamente—, ahí está Darby Lewis. Lo he estado buscando, y es hora de irme. ¿Me disculpa?

Antes de que ella pudiera responderle, levantó una pierna por encima de la baranda del porche y saltó al piso. Al momento desapareció en la noche con Darby. Disgustada, intentó seguirlo con la mirada en la oscuridad.

Peg Oliver se le acercó desde atrás.

—¿Qué ocurrió, Marie? ¿Qué le dijiste?

—Nada. Sólo hablábamos y, de pronto, se excusó y desapareció.

Ella quedó irritada y algo sorprendida por esa súbita despedida. ¿Lo habría ofendido en alguna forma? ¿Pero cómo?

Le sorprendía reconocer que estuviera decepcionada y herida. No era algo habitual en ella preocuparse por lo que cualquier hombre pudiera hacer, y no tenía ninguna razón para sentirse así ahora. Debía reconocer que él no le había dicho nada que la hiciera pensar que estuviera interesado en ella. Y ella, definitivamente, no estaba interesada en él.

Definitivamente…

Seguía repitiéndose eso horas más tarde, acostada en su cama. Y entonces, por primera vez, recordó algo más.

Ese hombre extraño parado en la puerta, el de la cara llena de arrugas. Justo antes de salir de la pista de baile, lo había visto. ¿Sería esa la razón por la que Gaylord Riley decidió de repente salir al porche? ¿Y la razón por la cual desapareció más tarde en la oscuridad?

Estaba imaginando cosas… sólo que, ese hombre había estado ahí ambas veces, y parecía estar buscando a alguien.

Debía recordarlo, y mañana debía averiguar quién era.

Se arropó bien debajo de las mantas, porque la noche era fría. Se quedó dormida pensando en la forma como Gaylord Riley se movía y hablaba, y en la forma como la había mirado. Había algo extraño en él, algo extraño y excitante.

CRUZ ESTABA DESPIERTO cuando llegaron, trayendo de cabestro los cuatro caballos de montar que Oliver les había vendido. El mexicano se levantó y vino hacia ellos.

—Duerme un poco —le sugirió Riley—. Mañana nos vamos para Spanish Fork.

Cuando Darby se llevó los caballos, Cruz dijo:

—Alguien debería quedarse aquí. He visto huellas.

—¿Huellas frescas?

—Sí.

—¿Muchos jinetes? O ¿sólo uno?

—Sólo uno… está vigilando.

Riley sintió alivio. Un jinete no era la banda de Colburn. Sin embargo, ¿quién podía ser? ¿Sería el hombre que había estado en el Cañón del Sendero esa noche cuando Riley volvía de examinar el campamento de los bandidos? Si, de hecho, había habido allí un hombre.

A pesar de la necesidad de dormir un poco antes del largo viaje, permaneció despierto un buen rato, pensando y considerando la situación. ¿Por qué estaba Desloge en Rimrock? Y ¿quiénes eran los dos jinetes forasteros que hablaban con Spooner? Tres pistoleros en un par de días no podía ser coincidencia. Habría problemas, pero ¿a quién los causaría?

Permaneció allí acostado, mirando las estrellas, escuchando los lejanos sonidos, dado que la noche y el frío de las rocas producían movimientos pequeños en la oscuridad.

¿Qué pensaría de él Marie? La había dejado en forma tan repentina…

De algo estaba seguro. No quería hablar con Desloge, ni que lo vieran hablando con él. Todo eso ya había quedado atrás… ¿o no?

CAPÍTULO 8

DARBY LEWIS DORMÍA bien, y la suave lluvia que comenzó a caer poco antes del amanecer lo arrulló hacia un sueño aún más profundo. No oyó el leve sonido de los cascos del caballo, y tampoco oyó el grito de una solitaria lechuza.

Cruz sí oyó la lechuza. No era hora de que la lechuza gritara, y Cruz era un hombre atento a todas esas cosas. Se despertó, pero se quedó quieto, escuchando.

Gaylord Riley se levantó rápidamente sin hacer ruido, se puso sus pistolas y tomó su sombrero y su chaqueta. Los tres hombres se habían acomodado para dormir en el suelo de la habitación recién terminada, pero Riley estaba más cerca de la puerta. La abrió sin el menor ruido y salió a la oscuridad de la noche.

Cruz permaneció acostado quieto, escuchando. Oyó los pasos de Riley que caminaba bajo la lluvia, lo oyó detenerse, y luego escuchó el chapotear de pasos más fuertes, y alguien que hablaba en voz baja.

Levantándose en silencio, y dando una mirada al cuerpo de Darby Lewis que dormía, Cruz se dirigió a la ventana, cerrada sólo con los postigos. Por una rendija, podía ver las borrosas siluetas de un jinete y de Riley; luego, los dos se alejaron hacia una enramada que había estado haciendo las veces de cocina y comedor.

Riley atizó los carbones y les echó más combustible, colocando la cafetera sobre los carbones más encendidos. Cruz observó por unos momentos, pero no pudo ver la cara del forastero. Hacía frío, y de cualquier forma, era problema de Riley. Después de un rato, volvió a la cama y se durmió otra vez.

El hombre que estaba bajo la enramada con Riley era Kehoe.

—Tienes las cosas muy adelantadas ya aquí, muchacho —dijo—. Creo que vas a tener un excelente lugar.

—Parte de él es tuyo.

—Tal vez. Ya veremos.

Aceptó agradecido el café, y Riley analizó su cara. El irlandés se veía preocupado y agotado.

—Hemos tenido una racha de mala suerte —dijo Kehoe—. Weaver atrapó una bala, pero ya está bien.

—Encontré su campamento allá detrás del monte del Caballo.

Kehoe rió.

—Le dije a Parrish que lo encontrarías. Él no lo creyó.

Bebió su café a pequeños sorbos, calentando sus dedos alrededor de la taza. De pronto levantó la vista.

—¿Has tenido problemas?

—No.

—Los tendrás. Se dice que alguien por aquí está buscando pistoleros. ¿Recuerdas a Desloge?

—Lo he visto. Está aquí.

—Es él quien está contratando, y está trabajando en equipo con un pistolero de Wyoming llamado Enloe, Gus Enloe. Son malos... venenosamente malos.

Kehoe se arrimó más al fuego. Su ropa era delgada y estaba húmeda.

—¿Quieres mi chaqueta impermeable? —preguntó Riley.

—No... perdí la mía hace un tiempo. —Kehoe se sirvió otra taza de café—. Cuéntame cómo son las cosas aquí.

Riley, sentado sobre un tronco, le contó en voz baja y de la forma más concisa posible acerca de Shattuck, del ganado que había traído, del resentimiento de Shattuck con él. También le mencionó el inminente viaje a Spanish Fork. El cielo había comenzado a ponerse gris antes de que Kehoe se pusiera de pie.

—Debo irme, Lord. —Este apodo le trajo recuerdos de tiempos pasados. Kehoe dejó su taza—. Te está yendo bien. Sigue así.

—Necesito vaqueros para el viaje de vuelta de Fork.

Kehoe lo miró.

—Demonios, ya no sabría cómo manejar las reces, Lord. Ninguno de nosotros podría, si de eso se tratara. —Le dio una mirada intensa a Riley—. ¿Nos necesitas?

—Ni lo dudes.

—Ya veremos. —Kehoe consideró el problema—. ¿Desde el Fork? No te dejarán pasar ganado por la ruta principal.

Riley se encogió de hombros.

—Ya lo sé. De lo contrario, no podría darme el lujo de comprar ese ganado. Voy a traerlos por arriba del Anticlinal.

Kehoe se sorprendió.

—¡Ni lo sueñes! —Y luego agregó—: No hay suficiente agua para cien cabezas de ganado por ese lugar, al menos no normalmente.

Permanecieron en silencio por varios minutos, muy cerca al pequeño fuego. Seguía lloviendo, y Riley miró de reojo las mejillas hundidas de Kehoe.

—Has tenido tiempos difíciles —le dijo de pronto.

Kehoe asintió.

—Los hemos tenido todos. Hiciste lo correcto al venir aquí, Riley. Los viejos días ya pasaron.

Se puso de pie y derramó el resto de su café en el suelo.

—Pasaré la voz acerca del Anticlinal. Si puedes encontrar agua, lo lograrás.

—Esta lluvia ayudará, y hemos tenido una primavera muy húmeda.

Kehoe le entregó un pedazo de papel en donde había escrito tres direcciones.

—Si nos necesitas, escribe a estos tres. Uno de ellos nos avisará.

—¿Kehoe?

—¿Sí?

—Quédate lejos de Rimrock. El sheriff es demasiado inteligente. Es un sueco, de movimientos lentos, y no es ningún muchacho, pero es astuto de nacimiento.

Riley regresó a la casa y se quedó allí parado unos

minutos, siguiendo mentalmente a Kehoe por el sendero hacia el cañón. Kehoe lo había llamado "Lord", un apodo que le había dado hace tiempo, cuando cabalgaban por los senderos; es el diminutivo de Gaylord, pero era un viejo chiste, de cuando estuvieron en San Francisco, cuando Riley se había probado un sombrero de copa. Después de eso, durante mucho tiempo lo llamaron "Lord Riley".

Se metió a la cama y se durmió de inmediato, y cuando Cruz salió de la cama media hora más tarde, Riley no lo oyó.

El mexicano salió en la creciente luz de la mañana y estudió las huellas. Habían caído unos terrones de lodo de las herraduras del caballo cerca del cobertizo, y los levantó y los lanzó lejos. Luego ensilló los caballos y los hizo pasar varias veces sobre las huellas del caballo del forastero.

Cruz tenía su propio estilo de lealtad. Cabalgaba para la marca, pero cabalgaba aún más para el dueño de la marca, y había habido una época, tiempo atrás y al sur de la frontera… Bien, ¿quién puede decir qué no hará un hombre en su juventud?

El sol no había salido aún de detrás de las montañas ocultas por espesas nubes grises cuando llegaron al Cañón del Sendero y emprendieron el tortuoso trayecto hacia Dandy Crossing sobre el río Colorado.

Darby Lewis se quedó atrás para cuidar los caballos de silla y seguir trabajando en la casa del rancho. No le gustaba quedarse solo, porque por naturaleza era un hombre gregario; sin embargo, prefirió quedarse solo que recorrer el trayecto que les esperaba a los otros. Darby Lewis no pensaba ni por un momento que pudieran volver con el ganado.

————

COKER BEAMAN ESTABA pasando el tiempo en una taberna en Spanish Fork cuando Gaylord Riley lo encontró. Entró al bar con Cruz y pidió un trago, mientras miraba a Beaman. El hombre tenía ante sí una botella, y la expresión de su rostro era de disgusto.

Riley lo miró de nuevo.

—Parece como una nube que presagia tormenta —le dijo en tono amable—. Permítame comprarle un trago.

Beaman señaló a la botella.

—Ya he bebido demasiado, y no he sabido de nadie que haya podido salir de un hoyo tomando alcohol.

—Me llamo Riley. —Le extendió la mano—. ¿Qué le ocurre?

El hombre le dio la mano a Riley.

—Me llamo Beaman. A menos que usted sea un vaquero en busca de un trabajo, no me podría ayudar; de hecho, no me podría ayudar a menos que usted fuera diez vaqueros de camino a Kansas.

Riley rió.

—Me conté un par de veces y no llego a diez. Parece que fuera un hombre con reces que trasladar.

—Casi tres mil cabezas —explicó Beaman, desolado—. Pensé que podría hacer el recorrido de Oregon a Kansas y ganar mucho dinero. Después de todo, si trasladan ganado desde Texas, ¿por qué no desde Oregon?

—Tiene que admitir —sugirió Riley con precaución—, que eso queda un poco más lejos.

—Un poco. —De hecho, Beaman llenó de nuevo su vaso—. Este es un territorio mucho más extenso de lo que pensé. Tengo un tío, un doctor, que vive al sur de aquí. Pensé que podría hacer un buen negocio y de paso visitarlo.

—Lo he visto… bajando hacia Rimrock. Es decir, si se trata del mismo doctor Beaman.

—No puede haber dos de ellos en Rimrock —aceptó Beaman—. Mi tío favorito, de hecho, es mi único tío. Ahora no podré ir a verlo.

—Puede ir hasta allá a caballo —sugirió Riley.

Beaman probó su trago.

—Soy un hombre que trae ganado —dijo—, y no tengo a dónde ir. No puedo encontrar vaqueros que quieran recorrer la ruta que pasa por territorio de los sioux, y no puedo llevar el ganado hacia el sur debido a los granjeros. No volvería a atravesar ese desierto por nada en el mundo, y sólo hay montañas hacia el norte, y mientras estoy aquí sentado, esas malditas reces se están comiendo todo el dinero que me queda. Tuve que *alquilar* unos pastizales, y para cuando termine la semana, tendré que alquilar otros.

Bajó el tono de voz.

—Si tuviera un buen caballo, saldría de aquí como un rayo.

Riley acabó su bebida de un trago .

—Tengo un buen caballo —le dijo en tono calmado—, y es posible que podamos hacer un buen negocio con el ganado.

Beaman rió, sin humor.

—Amigo —dijo—, no se lo desearía, pero donde

he tenido el ganado el pasto está a punto de acabarse. Me costará un dólar por cabeza, por mes, alimentar el ganado en el único pastizal cercano. Casi tres mil dólares, y pago por anticipado. Señor, tengo problemas.

Volvió a llenar su vaso.

—Me tienen sobre un barril, y lo saben. Muy pronto no sólo serán los dueños de ese ganado, sino también de mi camisa, y yo estaré saliendo de aquí a pie, preguntándome qué me pasó.

Miró de nuevo a Riley.

—¿Intentó alguna vez hacer un negocio con un granjero mormón? Es más astuto que un escocés, y haría negocios con un yanqui de Nueva Inglaterra y lo dejaría hasta sin dientes.

Riley metió la mano al bolsillo interno de su chaqueta y sacó una hoja de papel doblada. La estiró cuidadosamente sobre el mostrador del bar, y tomó una pluma que había cerca de un tintero en la esquina del mostrador, donde el cantinero había estado trabajando en su contabilidad.

—Hágame un certificado de venta —dijo—, a su precio más bajo, y le compraré su ganado ahora mismo, en efectivo.

Beaman dio la vuelta y lo miró fijamente.

—Un momento —dijo—. Tengo casi tres mil cabezas de ganado allá afuera, y he invertido en ellas mucho dinero.

—Tiene tres mil cabezas de ganado que está a punto de perder —respondió Riley, en tono despreocupado—, y tengo el dinero para comprárselas.

"La idea de comprárselas —mintió—, es algo que se me acaba de ocurrir. Tenía pensado comprarme un lugar por aquí. Puedo cambiar de opinión en cualquier momento. De hecho, si mi esposa se entera de esto, se pondrá furiosa. Ya sabe cómo son las mujeres.

Coker Beaman se humedeció los labios con la lengua. El pastizal donde tenía el ganado ya estaba prácticamente pelado hasta las raíces, y muy pronto el ganado comenzaría a intentar saltar la cerca para salir. Si lo sacaba de allí, tendría que conseguir tres mil dólares —que no tenía— antes de poderlo llevar a pastar en otro lugar.

—He invertido cerca de veinte mil dólares en ese ganado —dijo.

—No se trata de eso —dijo Riley, en tono amable—. ¿Cuánto dinero tendrá mañana? ¿O pasado mañana?

Se puso de pie y estiró la mano para tomar la hoja de papel. Beaman puso su mano sobre la hoja.

—Espere.

—Le doy tres mil dólares —dijo Riley—, ahora mismo, aquí, en oro.

—¿*Qué?* —Más que una palabra, fue casi un grito el sonido que hizo Beaman—. ¿*Tres* mil? ¡Pero si entonces estaría perdiendo diecisiete o dieciocho mil dólares! ¿Está loco?

—No, usted estaba loco cuando decidió hacer este trayecto sin comprobar sus datos. —Riley empezó a abotonarse la chaqueta—. Debo irme. Mi esposa me espera y…

—Espere, un momento. Déjeme pensar.

—¿Qué hay que pensar? Si compro su ganado, usted tendrá tres mil dólares en oro. Si no lo compro, lo va a perder y no tendrá nada. ¿Qué hay que pensar?

Beaman lo miró con desagrado.

—Usted es peor que los mormones —dijo—. Usted sabe cómo acabar con un hombre.

—Yo no lo voy a acabar —dijo Riley—. Le estoy ofreciendo una forma de salir de este problema. —Se dirigió a Cruz—: Ve a mirar si mi esposa está allá afuera. Si ya salió del almacén, es posible que esté impaciente.

Un momento después volvió Cruz, serio.

—No la veo —dijo—, pero sin duda estará preocupada, esperando.

—Ahora o nunca. —Riley puso sobre el bar el cinturón con el dinero, que llevaba Cruz—. Ahí lo tiene.

Beaman se secó la cara con la mano, luego abrió el cinturón. Ahí estaban las brillantes piezas de oro. Las contó, titubeó, luego firmó su nombre en el certificado de venta.

—Usted —Riley se dirigió al cantinero—, ¿quiere usted firmar aquí como testigo?

El cantinero firmó, y Riley empujó hacia él el cambio de un billete de diez dólares.

—Cómprese un cigarro —le dijo.

Le dio la mano a Beaman.

—Mejor suerte la próxima vez —le dijo.

Ya en la calle, Cruz lo miró.

—El señor no está casado.

—¿Sabes? Yo también lo pensé, pero me pareció que tenía una esposa que me estaba esperando en algún lugar y que era probable que se opusiera a que yo hiciera este negocio.

—Sobre todo —dijo Cruz en tono condescendiente—, teniendo en cuenta que dos hombres no pueden conducir un rebaño de tres mil cabezas de ganado. —Sus ojos negros tenían una expresión de interés, con un leve toque de humor—. ¿Qué va a hacer con ese ganado?

Pero Riley no respondió.

En el puesto de comercio reabastecieron sus suministros y luego se fueron hacia la pradera donde estaba el ganado.

Era un área extensa, cercada, junto a un risco, y cuando llegaron allí cabalgando, dos hombres los esperaban. Un hombre corpulento, barbado, con una chaqueta negra, salió a recibirlos, y Riley dirigió su caballo lentamente hacia los dos, luego se detuvo.

—¿Cómo están, señores? ¿Qué puedo hacer por ustedes?

—¿Es usted Riley? ¿Compró usted este ganado?

—Así es.

—Mis tierras quedan hacia el sur, y ni una sola cabeza de ganado pasará por allí… ¿entiende?

—Perfectamente —sonrió—. Ni se acercarán a sus tierras. Me dirigiré al este.

—¿*Al este*? Entonces, usted es más loco de lo que supuse. Hay un levantamiento de indios sioux en Wyoming. De cualquier forma —y en su tono había evidente satisfacción—, no encontrará vaqueros. No puede mover esta manada sin vaqueros, o sin una recua de caballos.

Riley se limitó a levantar una mano en señal de despedida y, abriendo la puerta de la cerca, permitió que el ganado saliera, mientras Cruz arriaba las reces. Como el pasto se había acabado en el pastizal cercado, el ganado salía de ahí con ganas. A unos metros de distancia, hacia un lado, los dos jinetes observaban.

Hacia el oriente era territorio abierto, sin áreas cercadas ni campos labrados, y el pasto era escaso. De hecho, había pocos terrenos cercados hacia el sur, y era evidente que algunos de los habitantes esperaban quedarse con ese ganado, y sin duda aún esperaban lograrlo.

Lentamente, la manada fue saliendo. Riley montaba un buen caballo, y lo necesitaba, porque ocasionalmente, por uno y otro lado, un novillo se separaba de la manada en busca de pastizales más amplios, a la izquierda o a la derecha, y tanto él como Cruz estaban atareados manteniendo la manada unida y al menos ligeramente orientada hacia los llanos más abiertos.

El ganado habría avanzado un poco menos de un kilómetro, cuando de pronto apareció un jinete desde un risco y se acercó por el lado opuesto de la manada. Se levantó una nube de polvo y aparecieron dos jinetes más. Riley vio que Cruz se paraba sobre su montura para observarlos, pero ellos seguían trabajando sin detenerse, sin prestarle atención. La manada se desplazó hacia el oriente y ligeramente hacia el sur, a lo largo de los bancos del arroyo.

Los dos hombres con quienes Riley había hablado estaban ahora de pie sobre sus estribos observando a los jinetes forasteros como si no pudieran dar crédito a sus ojos.

La manada avanzaba sin interrupción, siguiendo con facilidad la dirección indicada, porque había venido hasta aquí desde Oregon y estaba bien acostumbrada a seguir un camino. Una vaca Durham grande había tomado la posición de liderazgo, y ahí continuó.

Al atardecer, a varios kilómetros de distancia de Spanish Fork, vieron de pronto una delgada columna de humo frente a ellos, y uno de los jinetes forasteros se desplazó hacia el frente y empezó a desviar el ganado.

Cruz, que ya no estaba sorprendido, miró hacia el fuego a medida que se acercaban. Allí cerca había una recua de al menos sesenta caballos, y aunque no había carreta de provisiones, ese era, sin duda, un campamento de vaqueros. Cruz esperó a Riley mientras rodeaba la manada para reunirse con él, y los dos cabalgaron hacia donde se encontraba la hoguera.

Cerca al fuego había un hombre delgado de rasgos afilados, bebiendo café.

—¿Riley? —preguntó—. Yo soy Segundo. ¿Todo está bien?

—No podía estar mejor.

—Los muchachos y yo haremos guardia durante la noche —dijo—. Tendrá compañía al amanecer.

—Gracias.

Cruz aceptó el plato de fríjoles con carne que le fue ofrecido, y miró rápidamente a Riley. Pero Riley ya estaba sentado comiendo, y Cruz, encogiéndose de hombros, lo imitó.

En el lugar donde levantaron el campamento, el arroyo era de agua clara y estaba rodeado de árboles altos. A Riley le agradaba el chisporrotear del fuego, y el olor del humo de leña. El café era bueno y la comida aún mejor. Ocasionalmente, un jinete se acercaba al fuego, bebía una taza de café y se alejaba.

Al amanecer, la manada estaba de nuevo en movimiento, y de la nada apareció una docena de jinetes, todos excelentes vaqueros, a juzgar por la forma como se comportaban y como manejaban el ganado. Y así continuaron las cosas mientras el ganado se desplazaba hacia el sur desde Castlegate, haciendo, por último, un giro el quinto día.

De vez en cuando, aparecía un nuevo jinete y se organizaba una breve conferencia, y luego el ganado cambiaba de dirección. Cada cambio los llevaba a un lugar con agua, aunque, de todas formas, este recurso era bastante escaso. Con frecuencia había sólo unos pocos charcos de agua de lluvia, y ocasionalmente un pozo o un nacedero. A veces había depresiones en los lechos de los ríos donde quedaba aún un poco de agua.

En una oportunidad, Cruz acompañó a Riley a observar el paso de las reces.

—Se ven excelentes, amigo —le dijo—. Hemos tenido mucha suerte.

—La lluvia nos salvó, así como las lluvias de los días anteriores. Ha sido una primavera bastante húmeda, y todavía queda nieve del invierno. Por lo general, habría sido imposible traer una docena de caballos por la ruta que seguiremos, y traer toda una manada de ganado hubiera sido absolutamente imposible.

—Sobre todo —respondió Cruz en tono seco—, con sólo dos vaqueros.

Riley sonrió.

—Vale la pena tener amigos.

Cruz titubeó y luego dijo:

—He oído hablar de la ruta conocida como el Sendero de los Forajidos, amigo… ¿es esta?

—Parte de ella. Va de Canadá hasta México, por

toda la mitad del país, con postas por toda la ruta. La que se conoce como El Hueco en la Pared o El Hueco de Jackson en Wyoming, El Hueco de Brown en la esquina de Wyoming, Colorado y Utah; y La Posta del Ladrón en Utah. Abajo, en Arizona, está el Valle del Ladrón de Caballos, cerca de Prescott; y el Valle de las Manas de Azufre) al este de Tucson. En Nuevo México hay una posta cerca de Alma, y allá arriba en Montana hay otra cerca de Landusky, y otra más en las montañas Locas.

"Arriba, allá en Montana, alguien roba ganado y luego lo lleva por el Sendero de los Forajidos. Un ranchero de esa ruta dirige las reses 'perdidas' hacia el sur, y los demás hacen otro tanto. En realidad, nadie roba, excepto el hombre que vende el ganado. Los otros simplemente movilizan ganado perdido, sacándolo de sus propiedades. Sólo que ese ganado de Montana se vende, en último término, en México, o tal vez en Arizona o Texas.

Señaló hacia los vaqueros que conducían las reses.

—Simplemente las conducen hacia el sur para sacarlas de sus praderas, y pasado mañana tendremos otro equipo de vaqueros, y tal vez una nueva recua de caballos.

Cuando Cruz se alejó en su caballo, Gaylord Riley se quedó observando el paso lento de las reses que pasaban por delante de él. Su futuro iba con este ganado; pero más que nada, también el futuro de los hombres que le habían dado la oportunidad de llegar a ser alguien en el mundo. Todo dependía de lograr pasar la manada… absolutamente todo. Y la buena forma en que todo había comenzado no lo tenía ni mucho menos tranquilo, porque aún les quedaba por recorrer la parte más difícil y más seca de la ruta.

Todo lo que poseía estaba representado en esas reses. De hecho, tenía dinero en el banco, dinero que necesitaba para poder vivir hasta cuando tuviera reses que vender, pero era poco, y nunca volvería a encontrar otra ganga como esta manada. Nunca jamás.

Tampoco pensaba sólo en sí mismo, porque los hombres que le habían dado su oportunidad merecían también la suya. Sin duda habían cometido errores, como los había cometido él también, pero no eran malos hombres, y llegaría el momento en que tendrían que dejar de cabalgar. Necesitarían un lugar, un lugar que pudiera ser su hogar.

Siempre existe dentro de cada hombre ese deseo, tan profundamente arraigado como el de recorrer el mundo sin rumbo… el deseo igualmente arraigado de tener un lugar que pueda llamar su hogar, un lugar propio, un refugio lejos del mundo.

Su propio hogar estaría aquí entre estos fantásticos cañones y estas encumbradas espirales. A todo el rededor había ruinas dejadas por otros hombres cuyo origen nadie conocía, que habían construido sus viviendas en las cuevas de las rocas arriba en los muros de los acantilados y habían decidido quedarse… y se habían quedado, de hecho, por muchísimo tiempo. Y después se habían ido… se habían esfumado… ¿hacia dónde?

Y no fueron los primeros en venir a este solitario lugar, porque las extrañas pinturas rupestres no podían haber sido todas echas por ellos. ¿Qué decir de las pinturas que había visto no muy lejos de Spanish

Fork… pinturas de extrañas bestias de carga, similares a las llamas, y de sus jinetes, cerca de las ruinas de lo que pudo haber sido una antigua mina? ¿Quiénes fueron? ¿Qué animales de carga utilizaban, qué animales montaban?

Pensaba en eso cuando se le acercó un jinete.

—Necesitaremos carne. ¿Está bien si matamos una?

Riley rió.

—¿Ha preguntado eso antes?

El jinete tenía un solo brazo, Riley se dio cuenta de eso cuando se alejó. El jinete se volteó a mirarlo con una sonrisa.

—No con mucha frecuencia —respondió, riendo—, no con mucha frecuencia.

CAPÍTULO 9

DÍA TRAS DÍA, condujeron la manada hacia el sur bajo su permanente nube de polvo, al sur hacia los cinco encumbrados picos de los montes Henry, al otro lado del Diablo Sucio, a través de más de sesenta y cinco kilómetros de cuarteado desierto que se extendía ante ellos. Avanzaron a través del área conocida como Maidenwater Sands, y hacia abajo por el largo arroyo del Trachyte hasta Dandy Crossing, sobre el río Colorado.

Cuando Gaylord Riley y Jim Colburn, que encabezaban el grupo, llegaron a Dandy Crossing, Cass Hite salió a recibirlos.

—¡Buenas, Cass! —dijo Riley—. ¿Has tenido muchos visitantes últimamente?

Hite se acercó y le habló en voz baja, consciente de que en esta tierra rocosa el sonido se difundía con mucha claridad.

—Nunca tenemos muchos visitantes, y tú lo sabes bien —respondió en tono amable—. Este lugar es el más solitario que puede haber, a excepción del sitio que elegiste para construir tu rancho.

"Hay algo, sin embargo. Ha venido un hombre allá arriba en la meseta con unos binoculares, buscando a alguien. No diría que es a ti, exactamente, a quien busca, pero apareció justo después de que tú pasaste por ahí, y desde entonces ha permanecido en ese lugar.

En este punto, el río Colorado formaba un gran meandro, en forma de C con el lado abierto hacia el este. Dandy Crossing, el "pueblo" que llevaba el nombre de Hite, quedaba en la parte superior de la C, en el punto más al este, mientras que dentro de la curva de la C había una meseta aproximadamente a una altura de trescientos metros superior a la de Dandy Crossing.

Desde allí, un hombre con unos buenos binoculares podía ver no solamente Dandy Crossing, sino los caminos de acceso por el cañón del Trachyte.

—¿Qué piensas de eso, Riley? —preguntó Colburn.

—Podría ser alguien que esté esperándote.

—Muy probable.

—Debes regresar, Jim. Si hay un pelotón allá arriba, te tendrían atrapado. No hay ningún otro cruce en muchos kilómetros río abajo, y no hay nada río arriba. Si te están esperando allá al otro lado, no tendrás la menor oportunidad.

—Te ayudaremos a cruzar el río, muchacho. De ahí en adelante seguirás por tu cuenta.

—Riley, si necesitas ayuda —sugirió Hite—, tengo un par de desempleados que te puedo dar. Me deben algo, y si les digo que trabajen para ti, no van a negarse.

—Mándamelos. Les ofreceré tres días de trabajo. Si se desempeñan bien, los puedo contratar por más tiempo. Entre tanto —agregó Riley—, mantén los ojos abiertos para buscar buenos hombres. Me gustaría contratar otros dos de tiempo completo.

—Me despediré ahora —dijo Colburn—, porque cuando tu ganado llegue al otro lado del río, nos iremos hacia los montes más distantes. Cualquiera que nos esté buscando va a encontrar mucho polvo y mucho territorio que recorrer.

———

POR DOS SEMANAS después de que terminó el viaje, Riley no tuvo tiempo para nada. Después de llevar el ganado a la cuenca, se inició el proceso de marcarlo. No había habido tiempo ni siquiera de marcar al ganado preliminarmente para el viaje antes de salir de Spanish Fork.

El humo de las hogueras para calentar los hierros le había penetrado profundamente las fosas nasales, y allí permanecía mezclado con el olor de pelo quemado y polvo. Sólo de noche, bajo las estrellas, podía liberarse de ese olor y disfrutar el aroma de los cedros y la salvia transportado por la suave brisa.

Era un trabajo agotador y candente, que no daba respiro, pero Cruz trabajaba duro y rápido, era muy diestro enlazando y un excelente jinete. Darby Lewis sabía su oficio y trabajaba sin desperdiciar movimientos, pero aún así, el trabajo era lento.

El primer día de la tercera semana, Cruz vino cabalgando a donde estaba Riley.

—Viene un jinete, amigo. Un forastero.

Riley, que estaba de cuclillas junto a la hoguera de calentar los hierros, se puso de pie y se limpió el sudor de la cara, después movió hacia atrás una mano para destapar la funda de su pistola de seis tiros.

El jinete avanzaba, montado en un caballo pardo

de lomo recto y trayendo con él dos caballos de carga, aparentemente de buena cepa. Era un hombre alto, con una camisa de gamuza y un sombrero negro algo raído. Se acercó al fuego.

—¿Riley? Cass Hite, abajo por Dandy Crossing, dijo que necesitaba un vaquero.

—Si puede montar y enlazar, está contratado. Treinta al mes y la comida.

El hombre bajó del caballo, y era cinco centímetros más alto que Riley, quien medía uno con ochenta y cinco. Se sentó sobre los talones y tomó la cafetera.

—Tan pronto como me tome una taza de café, empezaré a trabajar —respondió—. Soy Tell Sackett.

Riley, que ya se había dado vuelta para irse, miró por encima del hombro.

—¿Sackett? ¿Es usted de la familia de los Sackett de Mora?

—Hermano.

—He oído hablar de ellos… y me gustó lo que he oído hablar.

De inmediato todos se pusieron a trabajar. Ahora, Cruz y Lewis trabajaban en equipo, y Sackett trabajaba con Riley. El nuevo vaquero era rápido y preciso con el lazo, y tenía tres excelentes caballos.

El día comenzaba a las tres de la mañana, cuando se levantaban en el frío de la noche, antes del amanecer, encendían el fuego, tomaban un rápido desayuno y para cuando salía el sol, por lo general ya habían enlazado una res. Con la recua de caballos que habían traído con ellos, suministrada por los vaqueros del Anticlinal San Rafael, Riley tenía ahora sesenta y seis caballos en sus corrales, y los necesitaba. Cada hombre usaba de tres a cuatro caballos al día. Eran animales que pesaban de mil a mil ciento cincuenta libras, y, como regla general, eran más pesados que los caballos tejanos para arriar ganado, y tenían cascos buenos y resistentes. Los vaqueros los herraban cuando era necesario, utilizando una lima y clavando la nueva herradura, sin necesidad de fuego y sin perder tiempo. Una vez reunido el ganado suficiente, dos hombres amarraban las reses y dos las marcaban.

En dos oportunidades, Gaylord Riley encontró huellas en la pradera, y en una ocasión vio un destello de sol de unos binoculares, cuando alguien vigilaba desde una saliente al borde de la cuenca.

Por las noches, volvían a caballo al campamento, agotados, rara vez iban a la casa sobre la meseta, sino acampaban entre los cedros, cerca de la cuenca y de su sitio de trabajo.

———

STRAT SPOONER LLEGÓ a caballo a Rimrock poco después del atardecer. Fue directamente a la taberna de Hardcastle y bajó del caballo. Al otro lado de la calle, Sampson McCarty salía de su negocio, disponiéndose a cerrar por ese día. Volteó a mirar cuando escuchó venir el caballo, y vio desmontar a Spooner.

Habían pasado muchas semanas desde la última vez que había visto al pistolero en el pueblo, y tanto el hombre como el caballo se veían agotados. De pie en la sombra, McCarty observó a Spooner cuando subía al andén de madera. Se abrió la puerta de la taberna y salió Hardcastle. Los dos permanecieron allí de pie hablando en voz baja.

Algo se movió al otro lado de la calle en la sombra, y McCarty se esforzó por ver qué era; pudo definir la figura de un hombre robusto que estaba allí, sin hacer nada, frente al almacén. Cuando el pistolero montó en su caballo para ir a la caballeriza, McCarty vio al hombre salir de la sombra y dirigirse al restaurante. Era el Sheriff Larsen.

Ni él ni McCarty pudieron oír lo que Spooner había dicho, y que Hardcastle estaba obviamente ansioso de saber.

Spooner no había perdido tiempo en esa conversación.

—Riley ha vuelto. Trajo una manada de reses mixtas, Cuernicortos y Caras Blancas, y hasta ahora, han marcado menos de la mitad. Tiene tres vaqueros trabajando con él, Cruz y Lewis y algún desocupado que recogió por ahí. La mayor parte del tiempo estuvieron trabajando juntos, por lo que creo que este es su momento de actuar.

Hardcastle sacó una manotada de monedas del bolsillo, todas de oro. Se las entregó a Spooner, y luego sacó otra más.

—Esa es una bonificación, Strat. Ha hecho un buen trabajo. Ahora vaya a descansar.

Sampson McCarty se dirigió al restaurante y entró allí junto con Larsen.

—Veo que Spooner ha regresado.

—Eso veo.

—Hay algo en el ambiente, Ed. ¿Qué ocurre? ¿Qué va a pasar?

—Tal vez… tal vez nada. No lo sé.

McCarty sabía muy bien, por experiencia, que cuando Larsen no decía nada, era inútil insistir. Miró dentro de la taberna en todas direcciones.

—No he visto al joven Riley en el pueblo últimamente.

—No.

En ese momento, Dan Shattuck abrió la puerta para que entrara Marie, y luego entraron dirigiéndose primero al uno y luego al otro. McCarty, que era un romántico de corazón, se dio cuenta de la forma como Marie miró a todos los que estaban allí, y de su evidente desilusión.

—Hay alguien más —le comentó a Larsen—, que echa de menos a nuestro amigo Riley.

Larsen no respondió, y McCarty siguió con los ojos la mirada del sheriff hacia Spooner, quien miraba fijamente a Marie. Su expresión, mientras la miraba, era a la vez insolente y en cierta forma posesiva.

Dan Shattuck levantó la vista y Spooner desvió la mirada, aunque no lo suficientemente rápido como para que Shattuck no lo notara. McCarty vio cómo se ensombrecía la cara del ranchero, por la ira, pero ante algo que le susurró Marie, le dedicó toda su atención.

McCarty repasó mentalmente toda la situación y no le gustó para nada. Habría noticias, y le interesaban, pero esta situación prometía que serían noticias de las que habría podido prescindir. Había demasiados elementos, demasiadas conexiones… y no tenía duda de que algunos de los que le agradaban y que respetaba saldrían heridos.

Entró Pico y, dirigiéndose a la mesa donde estaba Shattuck, se sentó con él. El corpulento mexicano había sido casi un miembro de la familia de Shattuck por muchos años, desde mucho antes de que naciera Marie. Todos en la comunidad sabían que Pico se había considerado siempre como una especie de guardián de Marie.

Shattuck le dijo algo y aparentemente, Marie protestó. Pico levantó la mirada y sus ojos se encontraron con los de Strat Spooner, que se encontraba al otro lado del salón, pero el alto pistolero se limitó a sonreírle forzadamente al mexicano y miró hacia otro lado.

McCarty quedó intrigado ante el cambio de actitud de Spooner. Había estado en el pueblo desde hacía algún tiempo, pero siempre había tenido cuidado de evitar el contacto con sus habitantes, y rara vez salía de la taberna de Hardcastle a menos que fuera para hacer algo que este le hubiera pedido. Ahora parecía estar buscando problemas.

El comportamiento de Strat Spooner, los rumores de problemas inminentes para Shattuck y los misteriosos personajes que seguían deambulando por el pueblo o reaparecían allí le preocupaban a McCarty. Era un hombre amigable, y consideraba a los habitantes de Rimrock como sus amigos, pero era evidente que inclusive Larsen, a pesar de su apariencia tranquila, estaba preocupado.

A Larsen se lo veía en todas partes del pueblo con más frecuencia. Parecía no dormir nunca, y eran pocas las tardes que no iba al restaurante o a una de las tabernas. Estaba allí, sin falla, cuando Shattuck llegó al pueblo, aunque sólo se limitó a observar, sin decir nada.

Pasaron varios días después de esta noche en el restaurante, y McCarty estaba armando su periódico. De pronto, vio pasar una sombra por su ventana y se abrió la puerta. Era Gaylord Riley.

Compró un periódico, conversó un rato y luego salió. Entonces, ocurrió algo que McCarty observó con interés. Peg Oliver pasó caminando por allí y dejó asombrado a Riley. Con los ojos fijos al frente, el mentón levantado, siguió su camino como si él no existiera.

Riley se quedó allí, con la boca abierta, listo a decir algo, pero ella siguió su camino. Sorprendido, dobló el periódico en sus manos, luego se dio la vuelta y se dirigió al restaurante.

McCarty titubeó, miró el periódico que tenía adelante y sin perder un minuto se quitó el delantal y la visera. El periódico podía esperar. Tenía la intuición de que se iba a enterar de algo. Salió a la calle mientras se ponía apresuradamente su chaqueta.

Llegó a tiempo para ver que Riley fue detenido por Sheriff Larsen, y al acercarse, pudo escuchar lo que hablaban.

—¿Está comprando ganado?

—Cuando lo encuentro... Cara Blanca o Cuernicorto.

—No pensé que hubiera tanto de ese ganado en los alrededores.

—No hay mucho.

—¿Tiene certificados de venta?

Gaylord Riley miró con ojos penetrantes la cara amable del sueco.

—Claro... ¿qué insinúa?

—¿Le importaría si voy y los examino?

Riley sintió que su cuello comenzaba a acalorarse, y de pronto advirtió que todo el movimiento de la calle había cesado.

—Cuando quiera, Sheriff, cuando quiera.

Riley dio media vuelta y se alejó, y al hacerlo vio a Desloge. El pistolero estaba sentado en una banca frente a la taberna, y cuando sus miradas se cruzaron, Desloge cerró lentamente un ojo, con un ademán significativo.

Riley estaba cada vez más furioso, pero se dirigió hacia el restaurante, y en ese momento Hardcastle lo detuvo.

—Si puedo hacer algo por ti —dijo Hardcastle—, sólo pídemelo.

Riley se detuvo de pronto.

—¿Qué quiere decir? ¿En qué podría ayudarme?

Hardcastle se encogió de hombros.

—Yo no le doy crédito ni por un minuto a los rumores, pero se dice en el pueblo que Shattuck está perdiendo reses y te culpa a ti.

—¡Que se vaya al diablo! —Riley lo hizo a un lado y entró al restaurante.

A esa hora, el lugar estaba casi desierto. La muchacha que tomaba los pedidos no le sonrió; sólo le tomó el pedido y se fue. Cuando le trajeron la comida, prácticamente se la tiraron sobre la mesa.

Disgustado, hizo ademán de levantarse, pero tenía hambre, y en el pueblo no había otro lugar donde pudiera ir a cenar. Se calmó y empezó a comer. Fue entonces cuando entró McCarty.

—¿Te importa si me siento?

Riley levantó la vista y lo miró aliviado.

—Me agrada su compañía, pero por la forma como me están tratando, no sé si debería quedarse conmigo o no.

—Me arriesgaré. —McCarty pidió su cena y se recostó en el asiento, mientras encendía su pipa—. A Shattuck le faltan cabezas de ganado.

—¿Entonces me culpa a mí? —dijo Riley, sin disimular su disgusto—. Tengo suficiente ganado propio.

—¿Quién más se atrevería a robarlas? —le preguntó McCarty en tono calmado—. No hay otras reses de esa raza en todo el territorio. Nadie puede entender dónde conseguiste el ganado que dices que tienes.

—Compré ese ganado en Spanish Fork.

McCarty se encogió de hombros.

—Entiéndeme, no estoy diciendo eso, y yo fui quien te contó de ese ganado, pero algunos dicen que nunca existió, y que si hubiera existido, no habría habido forma de traerlo hasta aquí, no desde esa distancia.

Había traído ese ganado por el Sendero de los Forajidos, cuya existencia pocos conocían. Quienes le habían ayudado a traerlo eran también forajidos.

—Se lo compré al sobrino del doctor Beaman, el doctor del pueblo.

McCarty alzó la vista interesado.

—¿Le has dicho eso a alguien? De no ser así, no digas nada. Hace dos semanas encontraron a Coker Beaman muerto al lado del camino. Le dispararon. Lo asesinaron y lo robaron.

Gaylord Riley miró de pronto su plato de comida

y perdió el apetito. Lo invadió un sentimiento de desesperación. ¿No tendría jamás una oportunidad? ¿Era este el fin de todo lo que había esperado lograr?

—Yo no lo maté. Le compré el ganado y tengo un certificado de compra por esa transacción. Le pagué en monedas de oro.

—El doctor quería muchísimo a ese muchacho. Está instando a las autoridades para que encuentren al asesino.

—Espero que lo hagan. —Riley se recostó en su silla tratando de analizar todos los aspectos del problema.

Era un forastero en este pueblo, un hombre sin amigos, un hombre sin una historia que se atreviera a repetir. Tampoco tenía a nadie que pudiera servirle de testigo, porque sus amigos eran forajidos que no se atreverían a dar la cara; y aún si lo hicieran, su testimonio no sería aceptado.

—Será mejor que comas —sugirió McCarty—. Creo que lo necesitarás.

Riley sabía que era poco probable que alguien le creyera que había traído ese ganado a través de ese terreno árido y abrupto donde, por lo general, dos o tres hombres a caballo tendrían suerte de encontrar agua suficiente. Además, eran en realidad muy pocos los que estaban familiarizados con ese territorio, y probablemente no querrían declarar. Varios de ellos eran mormones, que se escondían por razones que sólo ellos conocían, hombres muy trabajadores que habían encontrado seguridad en las remotas montañas del territorio Roost.

De pronto se sintió mareado. Observó el lugar con ojos inexpresivos. Podía renunciar a todo y huir.

Podía cabalgar de nuevo hasta Dandy Crossing, atravesar el río Colorado a nado y dirigirse hacia el Roost. Probablemente allí no había pasado una sola noche en la que, sin quererlo o ser consciente de ello, los miembros de la banda no hubieran estado esperándolo. Era difícil para un forajido forjarse un futuro en el mundo exterior. Tanto los futuros de sus antiguos compañeros como el suyo estaban en juego ahora, y tenía ganado y un rancho, y estaba construyendo una casa.

—Si alguien viene a buscarme —dijo Riley—, dígales que no tendrán que ir muy lejos. Estaré allí, en las montañas Sweet Alice, o estaré aquí. Si quieren hablar conmigo, yo estaré dispuesto a hablar; pero si vienen buscando problemas, se llevaran toda una carga de ellos en el buche.

En los ojos de McCarty había una expresión de cariño.

—Eres un buen muchacho —le dijo en voz baja—. No cedas, y yo te respaldaré en la medida en la que un hombre lo pueda hacer.

CAPÍTULO 10

ARTIN HARDCASTLE HIZO rodar su cigarro entre sus labios y consideró la situación satisfecho. Desde su escondite en los montes Azules, sus hombres habían dado un ágil golpe al ganado de Shattuck. Al principio, robaron sólo unas pocas cabezas, y habían dejado un rastro no demasiado claro, un rastro que llevaba al territorio surcado por cañones más allá del cual estaban las montañas Sweet Alice.

Unas pocas noches después, habían dado otro golpe, y para que no fuera demasiado obvio, se habían llevado también unas pocas reses de la ganadería Boxed O.

Hardcastle mismo había ayudado a difundir los rumores sobre el ganado Cara Blanca; después de todo, ¿dónde habría podido Gaylord Riley conseguir ese ganado si Shattuck no lo vendía? ¿Y por qué un hombre que no tiene nada que ocultar decidiría vivir en un lugar tan remoto?

Hardcastle sabía por experiencia que a la mayoría le encanta hablar y repetir lo que oye. Los problemas surgen de los rumores, y nueve de cada diez personas repiten un rumor, agregándole consciente o inconscientemente un detalle de su propia imaginación. Esos rumores eran la causa de la actitud de Peg Oliver, de las preguntas de Larsen y de la actitud comprensiva de McCarty.

Hardcastle pretendía dar inicio a una guerra entre ganaderos, con la que no sólo podía lograr su revancha contra Dan Shattuck, sino además obtener beneficios al recoger los despojos. Nadie sospecharía de él, puesto que, aparentemente, no tenía nada que ganar.

Riley era joven y probablemente de temperamento explosivo. Dan Shattuck era terco y también dado a perder los estribos. Lo que Hardcastle pretendía era presenciar un duelo de pistolas entre los dos, y no le importaba quién ganara. Nada sabía de la destreza de Riley como pistolero.

———

GAYLORD RILEY HABÍA pensado quedarse esa noche en el pueblo, pero se decidió no hacerlo. Con dos caballos de carga, con abundantes suministros, tomó el camino hacia las montañas. Detrás de él, a poca distancia, cabalgaba Desloge.

Desloge era demasiado astuto como para no darse cuenta de lo que Hardcastle esperaba que ocurriera, y para no darse cuenta de que todo esto estallaría en un duelo a bala, en el que no quería verse involucrado. Un hombre malo con una pistola, Desloge se había dado cuenta desde hacía mucho tiempo de que en los duelos de pistola, los hombres mueren, y de que nadie sabe quién va a morir ni quién sobrevivirá. Las balas no discriminan, y él no tenía la menor intención de morir a esta altura del juego. Por lo tanto, lo que quería era obtener dinero rápido e irse lejos del territorio.

Se le había ocurrido que obtendría ese dinero de Gaylord Riley.

Cuando Riley entró al patio, el rancho estaba desierto. Una nota sobre la mesa le informó que los tres hombres habían vuelto a la cuenca a marcar reses.

Riley descargó los caballos y los llevó al corral; después llevó todas las compras que había hecho en Rimrock y las arregló en los estantes. Había comprado, entre otras cosas, quinientas rondas de municiones.

Rió para sus adentros cuando se acordó de la expresión del vendedor al despacharle su pedido.

—¡*Quinientas rondas!* ¿Qué está esperando? ¿Una guerra?

—Sería terrible que hubiera una guerra y que no estuviera listo para entrar en ella —respondió Riley—. Sería como ir a un ahorcamiento y olvidar la soga.

Oyó que entraba un caballo al patio y se dirigió rápidamente a la puerta. Era Desloge.

El bandido se detuvo, con una sonrisa esbozada en sus delgados labios.

—Como en los viejos tiempos, ¿no es verdad, Riley? —dijo.

—¿Qué quiere decir? ¿Cuáles viejos tiempos? Sólo lo he visto una vez en mi vida y nunca he tenido nada que ver con usted.

—Bien, veremos. —Desloge estaba muy seguro de sí mismo. Cruzó las manos sobre la cabeza de su silla y continuó sonriendo, pero la expresión de sus ojos no era amistosa—. Eso depende. ¿Suponiendo que fuera a ver a Dan Shattuck y le contara lo que sé? ¿O que se lo dijera al sheriff sueco?

La reacción de Riley fue tan rápida que Desloge no tuvo tiempo de prepararse ni de resistir. Un rápido golpe le hizo soltar la cabeza de la silla, luego fue jalado bruscamente del caballo.

El cuerpo de Desloge produjo un ruido sordo al caer al piso, y Riley lo agarró por el cuello de la camisa con un giro de su muñeca que hizo que el bandido se esforzara por respirar. Obligándolo a ponerse de rodillas de un tirón, mientras Desloge trataba de librarse de morir ahorcado, agarrando fuertemente con sus manos la muñeca de Riley, este le dio tres rápidas bofetadas que le dejaron el rostro marcado. Después, Riley tiró a Desloge al piso y dio un paso atrás.

—Tiene una pistola —le dijo en tono despectivo—. Lo único que puede perder es su vida.

Desloge permaneció donde había caído, con una incontrolable sensación de miedo en su estómago. Nada había salido como él lo había planeado. Estaba seguro de que sus amenazas atemorizarían a Riley y lo obligarían a pagar su silencio, y sabía que Riley tenía el dinero. Había pensado sugerirle que por mil dólares se iría del territorio para siempre, pero ahora sentía pánico al darse cuenta de que tendría suerte de salir de allí con vida. Había esperado encontrarse con un joven medio muerto de miedo. Había acorralado a un lobo montés.

—Sólo quería —dijo con voz temblorosa—, algo de dinero para el camino. Digamos ¿cien dólares?

La actitud de Riley había rebajado en novecientos dólares su confianza.

—Váyase por donde vino —le respondió Riley—,

y agradezca que lo puede hacer. No se acerque a Rimrock. Si llego a oír una palabra de esto, lo perseguiré y colgaré su pellejo del árbol más cercano.

Desloge se paró con dificultad, cuidando de mantener las manos lejos de su pistola. Subió al caballo aún con más cuidado. Cuando se acomodó en la silla y estaba dispuesto a irse, llegaron cuatro hombres al patio del rancho. Tres de ellos venían de la cuenca: Tell Sackett, Darby Lewis y Cruz. El cuarto era un hombre de rostro adusto y pelo blanco, un hombre desconocido para los otros tres.

—Mírenlo bien —les aconsejó el hombre de pelo blanco—, así podrán jurar que este hombre salió de aquí cabalgando, y podrán describirlo. ¿Entienden?

Después, el hombre de pelo blanco dio la vuelta en su caballo y se fue, siguiendo a Desloge.

Cuarenta minutos más tarde, Desloge redujo el galope acelerado al que había venido cabalgando y a paso más lento bajó por la ladera cerca a un otero.

Era ya el atardecer, y las sombras eran largas. Era extraño ver cómo las sombras hacían que este terreno indómito adquiriera un aspecto más tenebroso. Allá abajo, cerca de la maleza… aquella roca parecía un hombre a caballo.

Desloge siguió cabalgando, y la roca se movió. No sólo parecía, sino que *era* un hombre a caballo, y lo conocía. Un hombre de pelo blanco con un rostro moreno surcado de arrugas.

En ese instante, Desloge supo que iba a morir.

Había matado algunos hombres, pero nunca había sabido qué se sentía al estar a punto de morir. Ahora ya lo sabía.

—¿No lo pudiste dejar llevar una vida honrada, verdad? —No había ira en la voz de ese hombre—. Eso jamás lo pueden hacer los hombres de tu calaña. Él logró asustarte, y estuviste dispuesto a irte, pero tarde o temprano pensabas hablar. Estabas dispuesto a dañar algo muy bueno.

Desloge tenía problemas para hablar. Quería suplicar, pero presentía que sería inútil. Quería negar lo que este hombre había dicho, pero habría sido una mentira; y sintió que este no era momento de mentir.

—Me iré —dijo al fin—, no me detendré ni siquiera a recoger mis cosas. Simplemente seguiré mi camino.

—Has matado hombres. Tienes una pistola.

Ya había oscurecido, pero la luna nueva empezaba a alumbrar. Desloge carraspeó al aclararse la voz. Empezó a hablar, y luego creyó ver una oportunidad. Espoleó su caballo y bajó su mano hacia su pistola mientras el caballo saltaba. Sacó la pistola de la cartuchera. Sintió una enorme sensación de triunfo cuando levantó su pistola, luego apuntó. Le enseñaría a ese viejo…

Tropezó con algo en la oscuridad. Algo blanco, candente, que le quemó las entrañas y lo hizo sentir que flotaba mientras caía al suelo. Sintió que golpeó y rodó por el piso; y después, acostado mirando a la luna, murió.

Quien encontró el cuerpo fue el Sheriff Ed Larsen.

No le sorprendió. Desloge había encontrado el fin que todos los hombres como él encuentran tarde o temprano, llevados a ello en muchos casos en su mismo intento por escapar de ese destino.

Tampoco lo encontró por accidente, porque había venido siguiendo a Desloge y esperaba atraparlo antes de que llegara al rancho de Riley.

Larsen, que había visto morir a muchos hombres, nunca se sorprendía ante la muerte. Desloge había tenido su oportunidad. Su pistola estaba donde había caído al ser arrancada de su mano. Sólo había recibido un disparo y prácticamente no había sangre. La muerte, en su caso, no tenía apariencia dramática.

A pesar de su edad, Larsen era un hombre fuerte. Levantó al hombre muerto y lo puso sobre la montura vacía de su caballo; después, llevando de cabestro al caballo, fue a donde había dejado el suyo, sacó unos lazos y amarró el cuerpo.

Tomó el camino a Rimrock, pero el rancho de Shattuck estaba más cerca, y hacia allí se dirigió.

En el rancho había un baile. Al oír los caballos, Marie Shattuck vino de prisa a la puerta, y Larsen creyó detectar una expresión de desencanto en sus ojos al ver que era él. Le había soltado las riendas al caballo del muerto antes de entrar al área iluminada del patio.

—¿Gaylord Riley? ¿No está aquí?

—¿Creyó que lo encontraría aquí? —Shattuck había venido a la puerta, acompañado de Oliver y otros dos hombres, Eustis y Bigelow—. ¿En esta casa?

Larsen miró de reojo a Marie.

—Eso pensé —respondió—. Pensé que podría estar... por aquí.

—¿Qué ocurre?

—Mataron a un hombre... allá, cerca de los oteros.

—¡Riley! —exclamó Eustis—. ¡Por todos los cielos, lo tenemos! ¿Necesita un grupo de hombres, Sheriff?

—Si quieren, vengan. No habrá problemas, eso creo.

—Él tiene algunos hombres allá afuera —dijo Shattuck—, pero Lewis no es de los que pelean. Tampoco Cruz. No cuando vea quién es.

—Cruz peleará —interrumpió Pico—. Morirá, si es necesario.

—Entonces, ahorcaremos a Cruz junto con él —dijo Eustis con ira—. He perdido sesenta, setenta cabezas en las últimas dos semanas.

Pico lo miró.

—No será fácil ahorcar a Cruz... tampoco a Riley. Algunos tendrán que morir antes de que cualquiera de los dos sea ahorcado.

Dan Shattuck miró fijamente a Pico. El mexicano era un agudo juez de las personas, y le pareció detectar una nota de simpatía en su voz.

—¿No está usted con nosotros, Pico?

—En esto, estoy con el sheriff. Creo que él hará lo que hay que hacer. Hablar de ahorcamiento es una locura.

—¡Entonces, quédese aquí y váyase al demonio! ¡No lo necesitamos!

El que había hablado era Eustis, que se sulfuraba fácilmente.

Los hombres se apresuraron a traer sus caballos y, mientras Larsen y Pico permanecían ahí parados, esperando, oyeron que otro caballo se alejaba silenciosamente en la oscuridad.

Pico sonrió... ella había elegido bien. El ejemplar que iba montando era una yegua de carreras. Es bueno ser joven y estar enamorado, se dijo. Ella es como mi hija, pensó, y tenía miedo de que tal vez no tuviera la oportunidad de vivir estas cosas: la felicidad, y el dolor.

La yegua galopó, luego trotó... galopó y trotó y anduvo al paso y galopó de nuevo. Gaylord Riley escuchó la veloz carrera y estaba esperando en el camino, a la luz de la luna, cuando ella apareció.

Se detuvo, girando el caballo delante de él.

—Riley, ¿mataste a Desloge?

—No.

—Creen que lo hiciste. Vienen a buscarte, ¡Larsen y los vaqueros!

—¡Está bien! —respondió tranquilo.

Ella estaba a punto de llorar de impaciencia.

—¡No te quedes ahí! Debes huir. ¡Puedes ir a Dandy Crossing!

—Los esperaré.

Ella comenzó a protestar, pero se dio cuenta de que sería en vano.

—No te van a creer —le dijo.

—Hace mucho tiempo que he deseado tener un hogar y no voy a huir ahora. Me quedaré. —Señaló hacia la casa—. Entra. Llevaré a tu yegua al establo, donde no puedan verla.

Se sorprendió al ver el orden de la habitación, y le gustó la forma como estaba construida. Miró alrededor con curiosidad. Había dos puertas, ahora cerradas, pero era evidente que deberían dar a otras habitaciones.

Cuando él entró a la casa, la encontró tomando café. Se quedó mirándolo, tan alto y tan fuerte; sin embargo, de alguna forma, tan solitario, queriendo tomarlo entre sus brazos.

—No te he dado las gracias —le dijo él. Y agregó—: Cuando todo esto termine, me gustaría ir a visitarte.

Señaló la habitación, sin esperar a que ella respondiera.

—Esta es sólo una habitación. Habrá siete u ocho. Construiré la casa en forma de L, con el lado abierto hacia el sur, eso creo. Los atardeceres son hermosos, pero podrían ser demasiado calientes.

—Quiero unos muebles antiguos estilo español, grandes, confortables, adecuados para la casa. Y quiero un jardín allí afuera —señaló hacia el sur—. Sé que algunas flores se dan muy bien a esta altura, y encargaré tantas como se me antojen o como haya.

Oyeron el galope de unos caballos sobre la dura superficie del camino y sobre las rocas.

—Cuando todo esto termine —dijo—, te querré aquí conmigo... para siempre.

Él se encontraba de pie solo, bajo la luz de la luna, cuando el sheriff llegó al patio acompañado de los otros hombres.

—Cabalga tarde, Sheriff —le dijo él en voz baja—, pero está en buena compañía. ¿O no?

—¡Lo estamos buscando por matar a Desloge! —le informó Eustis en voz alta—. ¡Deje caer su cinturón con las pistolas!

—Yo seré quien hable aquí —dijo Larsen en tono enfático.

Dan Shattuck era un hombre honesto consigo mismo, aunque terco y obstinado, y en ese momento se dio cuenta de que admiraba ese valor intrépido del hombre joven que estaba allí parado solo en la noche, enfrentado a un pelotón que pretendía ahorcarlo. La actitud de este joven ranchero no era desafiante en lo más mínimo; estaba tranquilo, seguro de sí mismo.

—¿Vio a Desloge hoy? —preguntó Larsen.

—Estuvo aquí.

—¿A qué vino?

—Eso sólo a mí me incumbe.

—Ahora me incumbe a mí. Fue asesinado.

—No fui yo.

Eustis empezó a interrumpir, pero se detuvo cuando Larsen levantó una mano.

Cruz avanzó desde la oscuridad y se mantuvo de pie a unos pocos metros de Riley. Darby Lewis estaba justo detrás de él. Tell Sackett se acercó y se paró al lado de Riley, esperando.

—¡Quítate de ahí, Darby! —dijo Oliver—. ¡Esta no es tu pelea!

Por sorprendente que parezca, Darby respondió:

—Si desenfunda una pistola, es mi pelea —respondió—. Cabalgo para esta marca.

Entonces Cruz habló, y en tono muy tranquilo les contó del forastero de pelo blanco y del consejo que les había dado.

—¡Mentira! —dijo Eustis.

Cruz lo miró.

—Señor, hablaremos de eso en otra oportunidad. Yo no miento.

—Dice la verdad —dijo Darby—. Nunca antes había visto a ese hombre, pero hay algo que les puedo asegurar. No era un hombre con el que uno quisiera tener problemas.

El Sheriff Larsen les creyó, de eso Riley estaba seguro. Nadie podía saber qué era lo que pensaba Shattuck, pero Eustis no les creía, tampoco los demás, a excepción de Oliver.

Larsen volteó a mirar a Sackett.

—A usted no lo conozco.

—Soy Tell Sackett —respondió el hombre—, y cabalgo para la marca, o disparo para ella.

Sackett... varios pares de ojos se fijaron una vez más en él, porque era un nombre bien conocido.

—Una pregunta —dijo Larsen. Parecía estar dispuesto a marcharse—. ¿Había visto a Desloge antes?

—Sí... una vez, sólo una vez. Era un ladrón, un cuatrero. Le ordené que se fuera de aquí.

—Creo que con esto termina lo que vinimos a hacer —dijo Larsen—. Volveremos al pueblo.

—¡Un momento, espere! —protestó Eustis.

—Regresamos al pueblo —repitió Larsen.

Dan Shattuck estaba excepcionalmente silencioso. Bigelow y los demás lo miraron como esperando órdenes, pero él no dijo nada. Sólo en una oportunidad Larsen vio Shattuck mirar hacia la casa, pero lo que fuera que estuviera pensando, nunca lo dijo.

La única objeción vino de Eustis.

—¡Por todos los demonios, hombre! Vinimos aquí a atrapar a un cuatrero y que un rayo me parta si...

—Yo mantendré la paz aquí —dijo Larsen—. Usted vuelve con nosotros. Puede venir por su voluntad o vendrá como mi prisionero.

—Bien, que me parta un rayo si...

—Nos vamos —dijo Larsen, y se fueron.

CAPÍTULO 11

CRUZ Y LOS demás se alejaron caminando lentamente, y Gaylord Riley se quedó solo, de pie, contemplando la oscuridad de la noche, mientras oía el trote de los caballos que se alejaban. Hasta el momento, todo iba bien, pero nada había cambiado, nada había cambiado en lo más mínimo.

Sólo Larsen se interponía entre ellos y el duelo de pistolas, y tal vez ni él mismo habría podido evitarlo de no haber sido porque Dan Shattuck se arrepintió. ¿Por qué?

Miró hacia la casa y vio que adentro había movimiento, y de pronto lo supo.

Shattuck sabía, o había adivinado, que allí estaba Marie, y si hubieran atacado la casa, se habría descubierto su presencia. Ninguna explicación habría evitado que todos pensaran lo peor.

Entró en la casa y cerró la puerta. Marie se le acercó rápidamente.

—¿Lo que dijiste antes de que llegaran —lo tomó por el brazo— era verdad?

Desafortunadamente, sabía que no tenía derecho a involucrarla en lo que vendría después; sin embargo, eso era lo que había querido decir, y esas palabras, que salieron casi sin pensarlas, eran, sin embargo, lo que sentía. No obstante, cuando recordó a Jim Colburn y a los demás, una conexión que tarde o temprano tendría que salir a la luz, titubeó.

Ella notó su actitud y la malinterpretó. Súbitamente, con el rostro pálido, lo hizo a un lado y se dirigió a la puerta.

—¡Por favor! Déjame responder.

—No era verdad —dijo ella—. No era verdad.

—Sí era verdad —insistió él—, pero no tengo derecho. Yo...

Ella salió de la casa corriendo y se dirigió a su yegua, que Cruz sostenía para ella. Riley la siguió y luego se detuvo. Porque ¿qué le iba a decir? ¿Cómo podía pedirle que compartiera con él lo que le esperaba? La mitad de su rancho al menos era propiedad de sus amigos bandidos, y era a ellos a quienes les debía lealtad en primer lugar. Y luego vendrían más problemas, problemas que dividirían en dos el área de Rimrock, y sería un tonto en pretender pedirle que lo acompañara en ese trance. Sobre todo teniendo en cuenta que Dan Shattuck pertenecía al otro bando.

———

Pasó una semana, luego otra. El trabajo de marcar el ganado avanzaba con más lentitud a medida que encontraban cada vez menos reses sin marcar. Habían comenzado a familiarizarse con el terreno, y ahora cada vaquero llevaba un hierro candente y marcaba cualquier res que hubiera que marcar, dondequiera que la encontrara.

Había mucho que hacer además de marcar el ganado. Construyeron una docena de pequeñas presas distribuidoras en las colinas para desviar las aguas y permitirles filtrarse en el suelo; y construyeron una barraca. Pronto vendrían los vientos fríos del otoño y la nieve del invierno. No era necesario construir rompevientos, porque en este territorio de mesetas, cañones y desordenadas pilas de rocas, los rompevientos eran naturales. Desde una pradera, cerca de un nacedero, Riley, con la ayuda de Sackett, cortó varias toneladas de heno.

Tell Sackett, ese hombre alto y callado de Tennessee, era muy hábil en el manejo de la hoz. Cortaba el heno, lo apilaba para el invierno y, consciente de lo poco amigos que son los vaqueros del trabajo manual, Riley se encargó de cortar la leña para el invierno. Fabricó un par de deslizadores unidos por un travesaño en la parte del frente, lo que se conoce como un "bote de piedra", para remolcar troncos de dondequiera que los encontrara. Había varios árboles muertos caídos, o árboles que había tumbado el viento, y estos los retiró primero, para evitar un posible incendio forestal y para que cualquier brizna de hierba que hubiera allí debajo pudiera crecer.

No vieron a nadie, no supieron noticias. Ninguno de ellos se acercó a Rimrock, tampoco vino ningún jinete del pueblo ni de los otros ranchos. En una ocasión, cuando Darby Lewis fue hasta Dandy Crossing a buscar tabaco, oyó decir que el doctor Beaman estaba armando problemas por la muerte de su sobrino, insistía que lo habían asesinado, que le habían robado el ganado. Eustis ya no se hablaba con Larsen, y se había aliado con Bigelow y otros para hacer que retiraran de su cargo al sheriff.

Durante los días siguientes, Riley comenzó a explorar el Cañón Oscuro. Era un desfiladero de quinientos a setecientos metros de profundidad, tan estrecho que por muchos kilómetros la luz del sol sólo llegaba al fondo a mediodía, cuando caía perpendicular. En algunos lugares, medía apenas treinta metros de ancho, e iba desde Elk Ridge, unos kilómetros al este del rancho, hasta el río Colorado, donde terminaba como una pequeña ranura en el muro de roca.

Gran parte del fondo del cañón estaba llena de árboles y vegetación de monte, con pozos dispersos de agua transparente y fría proveniente de pequeños arroyos que corrían desde varios nacederos en la parte superior del cañón y en sus derivaciones. Algunos de estos pozos eran bastante profundos, sombreados por álamos, arces, fresnos y helechos. Cuando daba el sol contra los acantilados más altos del cañón, los muros de arenisca y caliza, manchados por el agua y por residuos de hierro o sal, adquirían colores sorprendentes. Había un solo camino para llegar al fondo, un oscuro y estrecho sendero utilizado únicamente por los animales salvajes.

En una de sus exploraciones del cañón, Riley bajó del caballo y lo llevó de cabestro, dejando que el animal eligiera su propio camino. A veces el estribo interno rozaba contra la pared mientras el caballo pasaba por una estrecha repisa.

Los muros se alzaban a gran altura. Todo estaba muy quieto. Se detuvo y escuchó mientras, a su lado, el caballo se mantenía alerta con las orejas erguidas.

Había grandes rocas entre los árboles; los sauces

se agachaban sobre los pozos de agua quieta y fría. No había más sonido que el tenue correr del agua y el zumbido de las abejas. Cuando caía una roca, sólo enfatizaba la quietud y soledad del lugar.

Riley siguió adelante, casi en puntas de pie, trayendo su propio silencio al silencio del cañón. En el peor de los casos, pensaba, vendría aquí, aquí se escondería.

Durante varios kilómetros, fue avanzando con cautela a lo largo del fondo, y por último, dejó su caballo en una pequeñísima pradera entre los árboles, donde la hierba era abundante y verde. Se dio cuenta que esa pradera no podía verse desde la parte superior. En la parte inferior, los muros del cañón se elevaban perpendiculares, mientras que arriba, se abrían en marcadas pendientes por cierta distancia, por lo que la mejor posición posible para mirar al fondo del cañón quedaba muy atrás del sitio donde los muros se hacían verticales.

Aquí, en este territorio agreste y rocoso del rincón sureste de Utah, había un verdadero paraíso, un lugar tan hermoso y tan remoto que parecía inverosímil. Y desde arriba no se podía tener la menor sospecha de su existencia, tan abajo como estaba.

Tras los álamos y los sauces, Riley encontró una saliente que formaba una cueva de buen tamaño, no demasiado apartada de la pradera. El piso de la cueva era plano, de arena fina y piedra. Había muy cerca una fuente que vertía agua en un pozo profundo y sombreado.

Había descubierto lo que quería… un escondite en el que se podría refugiar en caso de que hubiera problemas; un lugar donde Colburn y los demás podrían esconderse y estar cerca a la vez.

Pero inclusive mientras exploraba el cañón, en su subconsciente estaba siempre Marie.

———

DAN SHATTUCK NO le dijo nada a Marie cuando esta regresó; esperaba que dijera algo, pero no fue así. Era evidente que había tenido una gran contrariedad; en dos ocasiones durante la noche, al pasar frente a la puerta de su habitación, estuvo seguro de oírla llorar.

Solo en su habitación, desolado, mirando fijamente a la pared, pensaba que nunca había podido entender a las mujeres. Su matrimonio había fracasado, y eso probablemente fue, en buena parte, por su culpa. Sin embargo, aunque no le hubiera servido para nada más, le dio tiempo para pensar y para respetar los sentimientos de los demás. Durante un tiempo, después de que su esposa lo dejó, se comportó como un loco. Nunca supo si esto se debió a que la quería, o simplemente a que sus sentimientos heridos lo obligaron a comportarse así, pero, pasado un tiempo, eso terminó.

Con frecuencia, antes de que Marie viniera a vivir con él, se había sentido solo. Ella le había cambiado la vida por completo, y había sido un cambio muy favorable. Ya no se sentía solo y rara vez se sentía deprimido. Ahora tenía alguien en quien pensar fuera de él mismo.

Pico le había ayudado. Pico entendía a las mujeres mucho mejor que él... estaba dispuesto a admitirlo, al menos a admitírselo a él mismo. Cualquiera que fuera la impresión que se formaran de él los demás, nunca se había engañado a sí mismo.

Ahora estaba perdiendo reses, y eran reses que no podía darse el lujo de perder, pero no volvió a hablar de eso. Era algo que ahora todo el mundo comentaba más que nunca, y sabía que todo lo que tenía que hacer era decir una palabra y todo un grupo de guardias autonombrados cabalgarían hacia el Cañón Oscuro y allí tendría lugar un ahorcamiento.

Por extraño que pareciera, él, que había sido siempre tan seguro de sí mismo, ya no lo era. Había ido a ese rancho contra su voluntad, pero lo había hecho; y de no haber sido porque vio la sombra de Marie contra la cortina, probablemente habría dirigido el ataque. Cuando se dio cuenta de que ella estaba allí, quedó indefenso; si los demás descubrían su presencia, sabía los rumores que empezarían a correr. Ellos no sabrían, como sí lo sabía él, que ella se había apresurado a ir allí antes que ellos a prevenir a Riley. Y los rumores la podían destruir… y lo podían destruir a él también, si de eso se trataba; aunque por el momento, no lo pensó.

Sabía también que mataría al primer hombre que dijera cualquier cosa en contra de ella, y que no terminaría todo con una sola muerte. Siempre habría otras.

Marie seguía saliendo a cabalgar, largas excursiones cruzando las elevadas mesetas, pero rara vez se dirigía al Cañón Oscuro. Ocasionalmente, durante esas cabalgatas, veía huellas de otros jinetes.

En una ocasión, había cabalgado a través de una

meseta y, dejando el sendero que bajaba hacia Cottonwood Draw, tomó otro que iba a lo largo del arroyo hacia las montañas Azules, se mantuvo cerca de la meseta y fue rodeando la base del monte con la idea de detenerse a dar de beber a su yegua en un manantial bajo la repisa de la punta Maverick.

Era un territorio agreste y solitario, pero cabalgaba tranquila. Nunca, en ninguna de sus cabalgatas había tenido problemas, y había pocas probabilidades de encontrarse con alguien en este paraje despoblado.

Había descubierto este manantial varios años antes, y nunca había visto huellas allí excepto las de algunos animales salvajes, pero ahora, mientras hacía descender su caballo hasta el arroyo Hop, que llevaba a Cottonwood Draw, cerca del manantial, sintió de pronto olor a humo.

Ocultando su caballo entre los cedros, fue avanzando por la bancada que quedaba arriba de Cottonwood Draw hasta cuando pudo ver hacia abajo el lugar donde estaba el manantial.

Había allí tres hombres alrededor de una fogata, y cuatro caballos. Sólo vio al cuarto hombre cuando uno de los otros le alcanzó una taza. Permaneció allí, acostada, observándolos, consciente de que ese hombre estaba enfermo.

Pero ¿por qué estaban aquí, en este lugar solitario?

De pronto se oyó una voz y uno de ellos dijo:

—¡Me importa un demonio lo que quiera! Va a morir aquí. ¡Yo digo que lo llevemos al rancho del muchacho!

Bajaron la voz y hablaron por un rato. Por último,

el más alto del grupo montó en su caballo y, cuidando minuciosamente de cubrir todo signo de su presencia allí, se alejó. Un rato después, ella fue a buscar su caballo y lo siguió.

Lo perdió al cruzar Cottonwood Draw arriba de su campamento, pero lo volvió a ver en la meseta Maverick. De nuevo lo perdió, y luego lo vio cabalgar a lo largo de la Cresta Rocosa, en dirección al oeste. Ahora estaba segura; lo único que había allí era el rancho de Riley, antes de llegar a Dandy Crossing. Cuando hablaron del "muchacho", se referían a Riley. Tomando otro camino, se dirigió a Rimrock.

Cabalgó con rapidez, pensando en los jinetes forasteros del cañón, y en el hombre herido, porque estaba segura de que debía de estar herido. No pensaba en el lugar por el que iba cabalgando, porque conocía muy bien estos caminos; lo único que deseaba ahora era regresar al rancho, llegar a casa antes de que su tío comenzara a preocuparse. Y ya era tarde.

Cabalgando a lo largo de una pequeña quebrada, comenzó a atravesarla con su caballo cuando vio un jinete en la mitad del camino. A la derecha y a la izquierda había espesos matorrales, y el único posible camino que tenía era seguir adelante.

Miró de nuevo, tratando de distinguir los rasgos bajo el ala del sombrero. Vio que el hombre era Strat Spooner, y de pronto sintió miedo.

La miró con una leve sonrisa, viéndola acercarse en su caballo. Su mirada la hizo sentir muy consciente de su figura, de la forma como sus senos templaban la tela de su blusa. Deseaba poder irse de ahí, a donde fuera.

—Estás muy lejos de casa, Marie —le dijo, y su sonrisa se amplió. Sus ojos tenían una expresión extraña, dura y a la vez intrigada—. Y debo decir que eres una gran mujer.

Si seguía avanzando, se acercaría a él aún más, pero si se devolvía, tendría que atravesar un territorio aún más agreste, donde no había nadie ni nada. No había visto ni siquiera una ardilla en muchos kilómetros.

Intentó rodearlo, pero él giró su caballo y lo puso delante del de ella, aún sonriendo, con una sonrisa lenta a insolente.

—¿No quiere quitarse de mi camino?

—No lo he decidido aún.

Puso sus manos en la cabeza de su silla e hizo rodar su recién encendido cigarro entre sus dientes. Ella era muy hermosa, pero si hacía un escándalo, él tendría que abandonar el territorio. Había visto lo que le ocurría a quienes se atrevían a violar una mujer en territorio del oeste; nada los hacía actuar con más rapidez. Si el hombre tenía suerte, terminaría ahorcado; a algunos los habían quemado vivos.

Si hacía un escándalo… pero ¿lo haría? Tal vez ella estuviera esperando justo alguien como él. Era una muchacha altiva, con un excelente cuerpo bajo su ropa. Sintió que empezaba a sudar.

Marie Shattuck estaba en un dilema. Podía intentar cabalgar aguas arriba o aguas abajo por entre el arroyo, pero este estaba sombreado por sauces y álamos; y allá atrás, lejos del camino, la oscuridad era casi total. Sin embargo, mientras más esperara, mayor sería el peligro.

Espoleando su caballo, hizo saltar al caballo, pero

Spooner era demasiado rápido y estaba listo. Puso su enorme mano en la muñeca de la muchacha y, cuando el animal saltó, ella cayó de la silla.

Inmediatamente, ella sacó su fusta. El látigo de cuero le atravesó la cara, y él involuntariamente se echó hacia atrás. Aún en la penumbra de la tarde, podía ver la marca que le quedó en el rostro donde la fusta lo había pegado. Profiriendo una maldición, se le abalanzó encima. En ese instante apareció un lazo de la nada, y Strat Spooner fue enlazado y obligado a caer de espaldas al agua.

Luchó desesperadamente por zafarse el lazo y ponerse de pie. El caballo del desconocido jinete simplemente retrocedió, como lo haría cualquier buen caballo entrenado para enlazar, y Spooner quedó tendido con brazos y piernas abiertos en el agua, maldiciendo. Trató de sacar su pistola, pero ya no la tenía, se le había salido de la cartuchera al caer al agua.

Marie reconoció de inmediato al jinete. Era el hombre alto que había visto cerca de la fogata en el cañón.

—Buenas tardes, señorita —dijo en voz suave—. Parece que este hombre necesita refrescarse un poco.

—¡Por lo que a mí concierne, puede ahogarlo! —respondió furiosa. Luego sonrió—. Quiero agradecérselo. No sé qué hubiera hecho.

El caballo negro se movió de nuevo, y Strat Spooner cayó otra vez como un sapo.

—Pensé que lo mejor sería que tuviera alguien que la escoltara de vuelta a Rimrock, señorita. Sé que Riley se preocuparía sobremanera si supiera que una amiga suya estuviera en problemas.

—¿Usted es su amigo?

—¿De Lord Riley? Naturalmente.

Dio vuelta a su caballo y arrastró a Spooner sacándolo hacia el banco del arroyo. Soltó la cuerda y Spooner se sacó el lazo.

—¡Te mataré por esto! —dijo Spooner.

—¡Mírelo no más! Está realmente furioso, señorita. Tal vez necesita dar un paseo en la noche.

Espoleando su caballo, se acercó al lado del caballo de Spooner y lo golpeó suavemente con el lazo. El caballo se alejó dando un salto, y Spooner soltó una sarta de groserías.

Kehoe vino a cabalgar al lado de Marie.

—Si me lo permite —le dijo con gran cortesía—, la acompañaré el resto del camino hasta el pueblo.

—Cuidado. Ese de allá atrás era Strat Spooner.

—He oído hablar de él.

—Ha matado a varios hombres.

—Parecía estar muy disgustado. —Kehoe la miró—. ¿Estaba esperándola?

—Tal vez. Yo... yo suelo cabalgar por aquí. —Se detuvo y se quedó pensando—. Ahora que recuerdo, él también. Y no sólo cuando voy por ese camino.

—No es alguien al que uno pueda llamar un hombre.

Kehoe estaba intrigado. Y luego recordó algo.

—A menos que tenga algo que ver con esos hombres que están allá arriba escondidos en las montañas Azules. Hay veinte o treinta de ellos allá... pistoleros, y otros de su calaña.

—¿Sabe dónde está el manantial al este de la cabecera del arroyo Indio? —continuó diciendo—. Allá están escondidos, y son un grupo bastante rudo. En una ocasión los vimos —ellos no nos vieron— y era evidente que estaban escondiéndose. Reconocí a uno de ellos. Uno llamado Gus Enloe, un hombre que buscan más abajo en la Nación.

Ella había escuchado ese nombre en alguna parte.

Para entonces, ya se encontraban en las afueras de Rimrock. Él se detuvo e hizo ademán de regresar.

—¿Quién es usted? ¿Cómo debo llamarlo? —preguntó ella.

—No me debe llamar de ninguna forma, señorita Shattuck. Sólo olvídese de mí. Sé que Lord está muy preocupado por usted... no que me haya dicho nunca su nombre, porque él no lo haría. Pero cuando oí su caballo cruzando Cottonwood Draw, la seguí para saber quién era, y luego vine cabalgando detrás de usted hasta el pueblo para asegurarme de que llegara bien a casa.

—Gracias... ¿Usted lo llamó "Lord"?

—La abreviatura de Gaylord... una vez lo vi probándose un sombrero de copa y le dije que parecía un lord.

—¿Hace mucho tiempo que lo conoce?

Kehoe titubeó y luego dijo en voz baja: —Sí, hace mucho tiempo... lo suficiente para saber que no hay ningún hombre, en ninguna parte, en ningún momento, mejor que él... y si le dan la oportunidad, va a lograr algo grande con ese rancho.

—Están diciendo que ha robado ganado.

—¿Lord? Nunca en su vida.

—Pero ¿tiene ganado?

—Compró esas reses allá arriba por el camino de Spanish Fork y las trajo hacia acá pasando el Anticlinal.

—¡Pero eso es imposible!

—No, no lo es. Durante la mayor parte del año sí, pero si uno intenta hacerlo después de la época de lluvias, como él lo hizo, y si se tienen amigos que le digan dónde encontrar agua, es posible. Y puede creerme, él lo logró. Soy uno de los que le ayudaron.

—Uno de sus compañeros fue herido.

—¿Se dio cuenta? Sí, está herido, y estamos preocupados.

—¿Tienen algo, medicinas, o cosas así?

—Nada —dijo Kehoe con amargura—. No tenemos una miserable cosa, y él no nos permitirá llevarlo a la casa del muchacho… a la casa de Lord. Tiene miedo de que él lo meta en problemas.

—¿Es una herida de bala?

Kehoe sabía que ya le había contado demasiado como para no confiar en ella ahora. De hecho, había confiado en ella desde el principio.

—Sí —respondió.

—Espéreme aquí. Iré a ver qué puedo conseguir.

Cabalgó rápidamente hasta la farmacia. En varias oportunidades había ayudado a curar heridas, y sabía muy bien qué necesitaba de lo que podía encontrar allí. Hizo su pedido sin demora.

El farmacéutico, un hombre de cara roja llamado White, la miró.

—¿Hubo una balacera por allá? ¿Hacia el rancho?

—No… sólo que tío Dan quiere tener estas cosas a mano… con los cuatreros, y todo eso.

—¡Ah, claro! Es probable que haya disparos, y todo eso.

Después, con el ceño fruncido, dijo: —Oiga, pensándolo bien, Pico vino la semana pasada y compró todas estas cosas. Por poco acaba con las existencias.

—Véndamelas de todas maneras —le dijo impaciente. Cada minuto que pasara haría que ese hombre se sintiera más expuesto, y podría empezar a dudar de ella e irse—. ¡Dese prisa, por favor!

—Bien, si usted lo dice —White rezongó—, pero Pico compró suficientes vendas, medicinas y esas cosas como para abastecer a un regimiento. Me parece una pérdida de...

—¿Me va a despachar el pedido o no?

—¡Ah, naturalmente! —Envolvió rápidamente el paquete—. No quise de ninguna manera...

Ella tomó el paquete y se dirigió rápidamente hacia la puerta, rozando al hombre que venía entrando sin siquiera ver quién era.

Ed Larsen se volteó y la miró. Bueno, ¿cuándo era la última vez que Marie Shattuck había pasado cerca de él sin hablarle? Se acercó al mostrador.

—Deme diez centavos de dulces de menta —dijo—. Me gustan los dulces —explicó—. Prácticamente es todo lo que nos queda a los viejos.

—Esa Marie Shattuck —dijo White, meneando la cabeza—. Nunca antes la había visto disgustada. Ella...

El Sheriff Ed Larsen era un hombre paciente y sabía escuchar, y esta noche se limitó a hacerlo, sin hacer ningún comentario hasta que el farmacéutico terminó de hablar.

—Será a causa de algún muchacho —dijo sabiamente—. Las muchachas se ponen muy quisquillosas a veces en esas condiciones.

La cara de White recuperó su color normal.

—¡Ah, claro, nunca pensé en eso!

Larsen salió cerrando la puerta tras de sí, evidentemente para evitar las preguntas que White podría hacerle. Después de todo, era un pueblo pequeño, y White tendría curiosidad. Además, había muy pocos hombres solteros, elegibles, en el pueblo, y Larsen no quería someterse a las especulaciones de White.

Marie se había ido, dejando sólo una nube de polvo que empezó a asentarse sobre la calle vacía.

—Si saliera a cabalgar —dijo en voz alta—, podría volver al rancho a la hora de la cena. Me parece que Dan Shattuck cena tarde.

Mientras más lo pensaba, más se convencía de que era buena idea. Y no era un trecho muy largo, si se piensa en la calidad de la cocina del rancho de Shattuck.

Además, nunca se sabía de qué podría uno enterarse... si sabía escuchar.

CAPÍTULO 12

EL COMEDOR DEL rancho de Shattuck era una habitación alargada, de techo bajo, con gruesas vigas y una enorme chimenea. Dan Shattuck era amante de la buena vida, y había venido a la frontera en una época en que era imposible vivir bien.

Desayunaba con los vaqueros y, a mediodía, por lo general estaba en la pradera y almorzaba allí o iba a la carreta de los suministros o a una fogata de un campamento. A la hora de la cena, insistía en cenar con todo el lujo, sentado a una mesa con mantel blanco, cristal cortado y cubiertos de plata.

Era, en parte, cuestión de preferencia. Pero también en parte lo hacía por el bien de Marie. Este era el ambiente en el que una joven debía vivir, eso era lo que él pensaba, un ambiente de un hogar estable, digno, con cortesía y buenos modales, pero sin pretensiones.

De todos los que frecuentaban su mesa, Sampson McCarty, Sheriff Larsen, Oliver y el doctor Beaman eran bienvenidos en cualquier momento. Sampson McCarty y el doctor Beaman estaban allí esa noche cuando Larsen llegó en su caballo y fue invitado a cenar de inmediato.

Marie, quien se había cambiado de ropa muy

rápido y se apresuró a llegar al comedor para la cena, entró por la puerta justo cuando los hombres se dirigían al comedor y pudo escuchar parte de la conversación al entrar.

"… atraco en la Estación Casner. Al menos uno de ellos fue herido. Creo que fue el grupo de Colburn".

El doctor Beaman era un hombre pequeño y delgado, generalmente rudo e impaciente. A pesar de todo, era un buen médico, y todos en la frontera estaban habituados a una vida dura. Si hubiera sido una persona más amable y más fácil de tratar, tal vez nunca hubiera venido al oeste, porque su capacitación profesional era muy superior a la del médico promedio de su tiempo.

Ahora estaba impaciente.

—Demonios, Larsen —dijo molesto—, ¿cuándo piensas arrestar a ese tal Riley? Sabes muy bien que es un ladrón. Y probablemente un asesino. He oído que admite que obtuvo ese ganado de Coker.

—No hay evidencia al respecto. No se sabe que haya sido robado. Burrage me dice que Riley retiró casi cuatro mil dólares.

—Todos estamos perdiendo ganado —sugirió Oliver en tono moderado—, y antes de que él viniera a este territorio, eso no estaba ocurriendo. Admito que esas no son pruebas, pero esos son los hechos.

McCarty se sirvió unas tajadas de rosbif y le pasó la bandeja al sheriff.

—Yo le dije que su sobrino tenía ese ganado en Spanish Fork, y le informé que tal vez podría conseguirlo por un buen precio. Usted mismo me dijo que había intentado obtener de usted capital adicional, Doctor.

—Bien, ¡no lo consiguió! Coker Beaman siempre fue un tonto en lo que de dinero se tratara. ¡Invertía buen dinero en malos negocios! ¡Ese muchacho nunca supo nada de ganado! Hacía una locura tras otra. De todas formas, lo asesinaron. Lo asesinaron y lo robaron. ¿Quién sabía que él tenía ese dinero? El único que pudo haberlo sabido era Riley.

—Una docena de hombres pudo haberlo sabido —sugirió McCarty—. Doctor, si usted operara a sus pacientes con base en tan poca evidencia como la que está utilizando para acusar a Riley, tendría muchos muertos en sus manos.

—Una operación... eso es lo que necesitamos. ¡Eso es justo lo que se necesita! ¡Y es una operación con una soga!

—Es un buen trabajador —dijo de repente Shattuck—. Cuando fuimos allá esa noche, pude darme cuenta. Ha trabajado mucho. Un hombre como él no roba.

Marie le dirigió una rápida mirada de agradecimiento, y él se sintió bien de haberlo dicho, aunque no estuviera muy seguro de lo que había dicho. Se había hecho mucho trabajo... comenzó a notarlo antes de llegar al rancho. Habían atravesado una pequeña cuenca y él había visto una pequeña presa que retenía un poco de agua. Más tarde había visto una presa de distribución de agua en una ladera. Nunca había construido una cosa semejante, pero sí había oído hablar de ese sistema. Luego la casa, los corrales... y él conocía el tipo de construcción improvisada que hacían los cuatreros. Simplemente levantaban una covacha, en la que no esperaban quedarse por mucho tiempo. La casa de Riley estaba hecha de troncos y construida de modo que se podía ampliar. Tal vez Riley fuera un ladrón, pero si lo era, sus planes eran de quedarse allí por mucho tiempo.

—¡Eustis tiene razón! —dijo Beaman—. Si el sheriff no considera que sea correcto actuar, ¡debemos unirnos y hacerlo nosotros mismos!

Larsen le puso mantequilla a una gruesa tajada de pan, le dio un gran mordisco y lo saboreó con gusto. De Shattuck podrían decir lo que quisieran, pero sin duda tenía la mejor mantequilla del territorio.

—Cuando haya que actuar —dijo alegremente—, actuaré. —Levantó la vista y con sus envejecidos ojos azules miró al doctor al otro lado de la mesa—. Y si Eustis o alguien más actúa contra alguien, lo arrestaré y veré que se le castigue por cualquier crimen que haya cometido. —Larsen sonrió—. Eso lo incluye a usted, Doctor.

No había ira en su voz, ni siquiera un tono autoritario, simplemente habló como quien enuncia un hecho, pero al doctor Beaman no le cabía duda. Ed Larsen haría exactamente lo que había dicho.

Cuando los demás se levantaron para ir al estudio de Dan Shattuck a tomar brandy y fumar tabaco, Larsen se quedó sentado en la mesa con Marie. Dijo:

—Soy un hombre viejo. La compañía de una muchacha joven es más atractiva que el brandy. Me quedaré aquí.

De pronto, Marie sintió miedo. ¿Iría a indagar? ¿Le haría preguntas? En tono apresurado, dijo:

—Sheriff, todos dicen que usted es sueco, pero no habla como un sueco.

Él rió.

—Mi papá es sueco, mi mamá era flamenca, y yo nací en Holanda. Hablo sueco, holandés y flamenco... y algo de francés. —Luego agregó—: Lo que hago más que todo es escuchar. Estuve escuchando al farmacéutico. A ese le encanta hablar.

Aunque Marie estaba asustada, su expresión no cambió. Ella no lo haría, no los delataría de ninguna forma. El extraño jinete había confiado en ella y la había ayudado. Tal vez nada hubiera pasado —nada en realidad—, pero nunca nadie le había puesto una mano encima jamás. No así.

Debía tener cuidado, mucho cuidado.

—Yo fui allá esta noche —dijo muy tranquila—, pero me temo que le di poca oportunidad de hablar.

Los ojos del sheriff brillaron.

—Un sheriff —dijo—, en un lugar como este, tiene que ser más que un sheriff. Debe ser también juez. Los tribunales —agregó—, están muy lejos. Es mejor arreglar nuestros propios problemas aquí mismo.

Ella le sirvió una taza de café, esperando lo que diría después. Cuando habló, se sorprendió. Él dijo:

—Una muchacha joven... debe tener cuidado. No preguntaré qué harás con las vendas.

Ella se sentó de pronto frente a él.

—Se las di a un hombre que creo que es un bandido. No sé que pueda ser, y no me importa. De no haber sido por él, yo...

Se detuvo indecisa y luego, sin mencionar el lugar ni dónde se encontraba, le dio una breve descripción de lo ocurrido.

—Ah, ¿así fue? Strat debería tener más cuidado.

No era necesario hacer preguntas. Ahora entendía, o pensaba que entendía, perfectamente bien la situación. Pero estaba seguro de que el bandido herido tenía que ser miembro de la banda de Colburn.

Lo que había dicho era cierto. El tribunal más cercano estaba muy lejos hacia el norte; no sería difícil llevar allí a un prisionero para hacerle un juicio, pero conseguir testigos y sustentar un caso era extremadamente difícil. Ser sheriff exigía saber juzgar con absoluta justicia, y tener un ojo muy agudo y el otro ciego. Algunas cosas tendían a solucionarse por sí solas, y a veces la eliminación de un factor en una situación hacía que todo se calmara. Ed Larsen raras veces hacía arrestos, y era aún menos frecuente que llevara uno de esos casos al tribunal.

Los de la banda de Colburn eran bandidos, hombres buscados por la justicia, sin embargo, en términos de forajidos, eran un grupo decente. Osados, atrevidos y extremadamente astutos, cierto. Pero bastante decentes, a su modo. Hasta el momento no habían cometido ningún crimen en su área; sabía que, si se veían acorralados, pelearían con todas sus fuerzas.

Mientras tomaba su café reía para sus adentros. Marie había dejado el comedor, y ahora estaba sentado aquí, solo, recordando como ella había evitado cuidadosamente mencionar cualquier arroyo o cualquier lugar en especial, y también había evitado dar cualquier descripción del bandido. Pero habría problemas, y no veía la forma de evitarlos.

Sólo la aparente falta de interés de Dan Shattuck había evitado que la olla hirviera y se derramara. Eustis estaba luchando por obtener el control, por ocupar la posición de liderazgo que Shattuck había disfrutado automáticamente durante todos estos años.

Era evidente que Marie no le había contado a su tío la forma como Strat Spooner la había interceptado, porque si lo hubiera hecho, Dan estaría de camino al pueblo, con Pico y sus vaqueros en este mismo momento, y en el término de una hora Spooner estaría colgado del árbol más cercano.

Ed Larsen dejó su taza. De él dependía. Iba a tener que ir a buscar a Spooner y ordenarle que abandonara el pueblo.

Creía ser un hombre razonablemente valiente, pero cuando pensaba en Spooner, algo se revolvía en su interior. Larsen no había sido nunca un pistolero. Había peleado contra los indios, había cazado búfalos y hacía mucho tiempo había prestado servicio militar durante unos meses en Europa; pero ante Spooner con una pistola, no tenía nada que hacer. Sin embargo, tendría que decírselo.

McCarty estaba esperándolo cuando salió del comedor.

—¿Vas para tu casa? Pensé que tal vez quisieras compañía.

—Así es —respondió Larsen—. Realmente deseo compañía.

Sampson McCarty era un hombre con el que podía hablar y ahora habló, mientras iban cabalgando. Hizo un recuento breve y conciso de los acontecimientos del día, mencionándole, inclusive, que sospechaba que el bandido que había ayudado a Marie podía ser miembro de la banda de Colburn. Luego le habló de las vendas y las medicinas.

—Es lógico.

Durante un tiempo cabalgaron en silencio. Luego McCarty habló.

—Ed, ¿oíste alguna vez rumores acerca de que la banda de Colburn tenía cinco hombres en lugar de los cuatro de los que todos hablan?

—Sí, los oí.

—De todas formas, ahora son sólo cuatro. Había sólo cuatro en la Estación Casner.

—Creo que hablas de ese otro hombre que estaba en tu periódico el otro día.

McCarty rechazó la sugerencia con un gesto.

—Debo haberme equivocado. Nadie vio nunca más de cuatro de los que pudieran estar seguros.

Cabalgaron hacia Rimrock, sin saber que en Rimrock se estaban repartiendo manos que cambiarían rápidamente la situación.

Strat Spooner, dejado solo en la oscuridad, chapoteó en el agua por todos lados tratando de encontrar su pistola. Sin encontrarla, se dirigió hacia donde se había ido su caballo y, al menos en ese aspecto, tuvo suerte.

A menos de cuatrocientos metros por el camino, encontró el caballo, con el cabestro enredado en un matorral. Lo montó y se dirigió a Rimrock. Para cuando llegó, estaba completamente congelado y tan rabioso que habría asesinado a cualquiera.

Nick Valentz estaba acostado en su catre, leyendo un periódico, y volteó a mirar fijamente a Spooner cuando este entró empapado hasta el pellejo.

—¿Qué diablos te pasó?

—¡Cállate!

Nick Valentz volvió a mirar rápidamente a los ojos a Spooner y permaneció en silencio. Vio cómo el corpulento pistolero se desvestía, se secaba con una toalla sucia y se vestía otra vez.

De pronto Spooner se volteó hacia él.

—Te oí decirle a Hardcastle que habías visto a Riley antes en algún lugar, ¿no has recordado dónde?

Valentz titubeó. El estado de ánimo de Spooner era peligroso, y no tenía el más mínimo deseo de provocarlo. Pero le había hecho una promesa a Hardcastle, y ahí era donde estaba el dinero.

—No —respondió.

Spooner se enfureció.

—Vete al demonio, Nick, si me entero de que me has mentido, te embutiré un cañón de escopeta hasta la garganta y te vaciaré los dos cañones.

Y lo haría. Nick se sentó lentamente, pasándose la lengua por los labios. Después de todo, ¿qué importaba el dinero? Nunca había visto a un muerto gastándolo.

—Me parece —dijo—, pero no estoy seguro.

—Desembucha.

—Vi a ese tal Riley en una ocasión —creo que era él— por el camino a Prescott. Estaba con Jim Colburn.

Spooner golpeó su bota contra el piso para acomodar el pie y asintió satisfecho.

—¡Bien! ¡Demonios, bien! Entonces, ese hombre que estaba allá cerca del arroyo era Kehoe.

—¿De qué hablas?

—¿A cuánto crees que ascienda la recompensa por la banda de Colburn?

—A ocho, tal vez a nueve o diez mil dólares. La mayor recompensa es por Weaver, pero también hay recompensas por todos los demás.

—Levántate. Vamos a ver al jefe. Después iremos a llamar a los muchachos y cobraremos dinero fresquito. Sé dónde está esa banda.

MARTIN HARDCASTLE ESTABA sentado solo en su oficina después de que Spooner y Valentz se habían ido. Había esperado más tiempo del previsto, pero ahora las cosas estaban a punto. Era cierto que no todo había salido exactamente como lo había planeado, con una guerra de cuatreros entre Shattuck y Riley, en el curso de la cual Shattuck moriría. Por algún motivo que él desconocía, Shattuck no había reaccionado en la forma esperada, pero esta nueva situación era aún mejor.

Strat Spooner saldría con sus vaqueros, y con algunos de los del pueblo, incluyendo al acalorado Eustis, y atacarían el rancho de Riley en las montañas Sweet Alice. La banda de Colburn respondería al ataque y habría una balacera y, con la presencia de bandidos conocidos en el territorio, estos serían culpados por cualquier cosa que ocurriera. La oportunidad que había estado esperando había llegado.

Hardcastle se puso de pie y fue hacia la puerta de atrás de la taberna. Chata, un muchacho mexicano medio tonto que dormía en el cobertizo detrás de la taberna, a veces le hacía mandados, y Hardcastle le pidió ahora que fuera a hacerle uno. Le dio un dólar y un mensaje para Dan Shattuck.

Luego volvió a su habitación detrás del bar, sacó un rifle de su estuche. Lo limpió con cuidado y lo cargó. Comprobó que su pistola de seis tiros funcionara bien y la recargó. Este sería un trabajo del que se encargaría personalmente. No se lo perdería por nada del mundo.

—Y después de eso —dijo en voz alta—, Marie.

CAPÍTULO 13

GAYLORD RILEY LLEGÓ a la cima del Cañón Fable y se detuvo en el borde de la meseta del Cañón Oscuro. Estaba acalorado y cansado, pero el sol se estaba ocultando y había terminado el trabajo que se había propuesto.

Había elegido algunas de las mejores reses reproductoras de la manada y las había llevado con un joven toro a la parte baja del Valle Fable, donde el pasto era abundante y no había posibilidad de que se perdieran.

Sin que él lo supiera, en ese mismo momento Strat Spooner tomó el camino que lo llevaría a su encuentro con Marie. Jim Colburn ya había llegado al rancho y estaba esperando a hablar con Riley cuando este regresara.

Parrish, quien se había quedado solo en el campamento del cañón con Weaver, caminaba de un lado al otro y maldecía. No era ningún tonto; sabía más de heridas que los demás, y comprendía que Weaver estaba en muy mal estado. Si permanecía aquí, sin atención médica, sin duda moriría. Se requerían medidas drásticas y, repentinamente, Parrish tomó la decisión de no esperar a que Colburn regresara.

Ágilmente y sin demora, mientras Weaver se quejaba y gritaba en su delirio, Parrish recogió el campamento y empacó. Lo que estaba a punto de hacer podría matar a Weaver, pero al menos no moriría aquí. Cuando tuvo todo empacado y listo y después de ensillar los caballos, se acercó a Weaver y le dijo:

—Nos vamos, Weaver. Tienes que levantarte.

Weaver había sido un forajido por demasiado tiempo para que las palabras no le llegaran. Si se iban, era porque había peligro y había que irse. Con la ayuda de Parrish, hizo un esfuerzo y se puso de pie y con su ayuda también, montó en el caballo, y Parrish lo amarró a la silla de montar.

Sin perder tiempo en destruir la evidencia de su campamento, Parrish emprendió el camino, llevando de cabestro el caballo de Weaver y los dos caballos de carga. Hacía menos de una hora que Colburn se había ido, y hacía menos tiempo aún que Kehoe los había dejado.

Por todo el desierto, el cerco se iba cerrando cada vez más; tanto los hombres como los acontecimientos iban llegando lentamente a un clímax del que ninguno era consciente.

———

RILEY LLEGÓ EN su caballo al patio del rancho con el sol a su espalda, y la primera persona que vio fue a Colburn. El bandido de pelo blanco caminaba hacia él, y Cruz estaba de pie en la puerta, observando.

Colburn apenas había comenzado a pedirle que le ayudara con Weaver, cuando llegó Parrish trayendo los caballos.

—Jim —dijo—, lo siento. No pude esperar.

—¡Cruz! —gritó Riley—. ¡Entra a la casa y arréglale una cama!

Mientras el mexicano preparaba la cama sin demora, Colburn y Riley desataron a Weaver y lo bajaron del caballo para llevarlo a la casa.

Gaylord Riley miró la herida y corrió hacia la puerta tomando su sombrero.

—¿A dónde vas? —le preguntó Colburn.

—Necesita un doctor y hay uno en Rimrock.

Sin esperar a que lo contradijeran, salió, tomó su montura y ensilló un caballo descansado y entró al camino para ir a Rimrock. Era un viaje largo y pesado, pero el caballo pardo que montaba era fuerte y veloz.

McCarty se había quitado una bota y estaba sentado sobre la cama cuando oyó que golpeaban a la puerta. Era Riley.

—McCarty, usted conoce al doctor Beaman. Lo necesitamos en el rancho.

McCarty titubeó por un momento.

—Beaman te está buscando, Riley. Cree que mataste a su sobrino y robaste su ganado.

—Le puedo mostrar un certificado de venta, pero no importa lo que piense de mí. Es un doctor, y en el rancho hay un hombre que necesita ayuda. Tendré que arriesgarme.

Beaman estaba sentado en su escritorio repasando unas cuentas cuando llegaron McCarty y Riley. Miró a Riley y sus facciones se endurecieron.

—He oído que cree que soy un bueno para nada —dijo Riley sin más preámbulos—, pero eso no importa en este momento. Uno de mis vaqueros está herido y necesita ayuda urgente.

—Usted es un desgraciado coyote asesino —le dijo Beaman con frialdad.

—Doctor, si dice eso de mí después de esta noche, es mejor que tenga una pistola en la mano. Pero esta noche lo necesito con demasiada urgencia para resentir cualquier cosa que diga. No obstante, tengo un certificado de venta firmado por testigos para confirmar la propiedad legal de esas reses.

—¿Firmado por testigos?

—Sí.

—Eso no importa ahora. —El doctor Beaman se puso de pie—. Iré a ver a su vaquero. Después arreglaremos esto de una vez por todas, y no crea que sus palabras sobre pistolas me intimidan. Yo usaba ya una pistola cuando usted aún estaba en pañales.

Cuando llegaron al rancho, el doctor Beaman no perdió tiempo. Miró fijamente a Kehoe, que estaba de pie afuera, y entró en la casa. Examinó al herido, le tomó el pulso y destapó la herida.

Se dirigió a Riley.

—¿Le sacó la bala?

—No, yo no estaba allí. Todavía la tiene adentro en algún sitio.

—Habrá que sacarla, no hay tiempo que perder.

De pronto se oyó el ruido de unos cascos de caballo en el patio, y Riley corrió hacia la puerta. Jim Colburn estaba en la puerta de la barraca, Kehoe se encontraba cerca del establo. Ambos tenían rifles.

Era Marie.

—Gaylord —por primera vez lo llamó por su nombre de pila—, te van a asaltar. Eustis y Strat Spooner pasaron por el rancho a invitar a tío Dan. Él no quiso tener nada que ver en sus planes.

Ahora fue Riley quien se hizo cargo, y lo hizo sin pensar.

—Kehoe —dijo de inmediato—, sube a la montaña. Hay un sendero, lo encontrarás apenas pases el corral hacia el lado de allá. Desde ahí, puedes ver todo el territorio. Cuando los veas venir, baja.

El doctor Beaman había venido a la puerta.

—Marie, tú puedes ayudarme. Entra, ¿quieres?

Entró de nuevo, seguido por Riley. De un nicho en la pared tomó una billetera de cuero y sacó de allí un certificado de venta.

—¿No es esa la firma de su sobrino? Y aquí está el testigo. Es un tabernero de Spanish Fork.

Beaman miró el certificado.

—Sí, esa es la firma de Coker. Y conozco al cantinero.

Siguió hacia donde iba.

—Ahora no tengo tiempo para eso.

—Pensé que debía saberlo… nos van a atacar.

Beaman dio la vuelta y lo miró.

—¡Por todos los cielos, hombre, estoy ocupado! ¡Manténgalos alejados de mí, eso es todo lo que le pido! ¡Manténgalos lejos si quiere que este hombre siga con vida!

Riley salió a donde estaban Colburn y Parrish.

—Ya lo oyeron. De nosotros depende.

—Y depende también de mí, amigo —dijo Cruz—. Soy uno de ustedes, ¿no es así?

—Cuando todo esto haya pasado —dijo Colburn—, nos iremos de aquí.

—Si lo hacen —respondió Riley—, yo iré con ustedes.

—¿Qué quieres decir? —preguntó Colburn.

—Quiero decir que no se van a ninguna parte.

Mira, Jim. Weaver está luchando por su vida allá adentro, y tiene suerte de tener una oportunidad. Parrish estuvo a punto de morir no hace mucho tiempo. Las probabilidades están en su contra, y si se van de aquí, encontrarán más problemas, y tú lo sabes.

—¿Entonces?

—Yo necesito ayuda, y tú y tus muchachos son dueños de parte de todo esto. Sugiero que se queden y que trabajen conmigo. Tienes un semental Morgan de primera, y tenemos algunas yeguas. Es buen territorio para criar caballos. Lo que quiero decir es que tú y tus muchachos ya cabalgaron su último sendero. Se quedarán aquí, donde pertenecen.

—¿Y qué pasará con el sheriff sueco?

—Intuyo que sabe quién soy, pero me ha dejado tranquilo. En una oportunidad hizo un comentario acerca de que a las cosas había que darles una oportunidad, y creo que se refería a mí. Bien, pienso que también te la dará a ti.

Jim Colburn miró hacia afuera por encima de las colinas. Sería un tonto de no admitir que estaba cansado —cansado de huir, cansado de andar siempre escondiéndose—. Sería bueno establecerse en algún lugar, hacer amigos, sentir el olor del humo de las fogatas de marcar ganado y volver a enlazar.

—Creo que tiene razón, Jim —dijo Parrish—, y sé que hablo también por Kehoe. Hemos hablado de renunciar. El hecho es que Kehoe habría renunciado hace mucho tiempo si no fuera por ti. No quería dejarte solo.

Colburn siguió mirando las colinas. Se había

iniciado en este negocio realmente sin proponérselo, y parecía no encontrar salida. Ahora tenía una. Había obtenido dinero a punta de pistola; ahora podía restituirlo, en cierta medida, construyendo algo.

Se detuvo a preguntarse si realmente lo pensaba así, o si los viejos senderos nocturnos volverían a llamarlo; pero tan pronto como se planteó la pregunta, supo que ya no quedaba entusiasmo en él. Habían sido jóvenes vaqueros intrépidos cuando empezaron; ya eran hombres, y era hora de cambiar. Era simplemente una suerte tener la oportunidad de hacerlo ahora.

No dejaba de ser extraño que el muchacho que habían tratado de salvar estuviera ahora salvándolos a todos.

—Está bien, Riley —dijo Colburn—, trabajaremos para ti.

———

S TRAT SPOONER DETUVO su caballo donde el Cañón del Sendero volteaba a la izquierda.

—No hay forma de salir de ese hueco —dijo, señalando hacia el cañón—, pero, Nick, lleva cuatro hombres contigo y den un rodeo por el Cañón de las Ruinas, crucen la cima y atáquenlos por el norte. Nosotros nos quedaremos aquí, y cuando entremos lo haremos rápido y disparando... dispararemos a todo el que no esté a caballo.

—¿Cuántos habrá? —preguntó Nick Valentz.

—Cuatro, tal vez cinco. Uno de ellos está enfermo, y lo más probable es que los demás se dispersen.

—Están Riley, Cruz y Lewis. ¿Los está olvidando?

—Somos dieciocho —dijo Spooner—. En cuanto a Darby Lewis, él saldrá huyendo. De cualquier forma, está allá en la cuenca, y es muy poco probable que aparezca por aquí.

—Está bien —aceptó Valentz—. Pero ¿a qué horas entramos?

—Justo al amanecer. Se ubican en sus lugares, y cuando yo dispare, entran en tropel.

Spooner y los otros se quedaron ahí, y por un rato nadie habló. Desmontaron y permanecieron por ahí, fumando y ocultando la lumbre de sus cigarrillos en la cuenca de sus manos. Nick Valentz y sus hombres habían bajado hacia el fondo del Cañón de las Ruinas, y les tomaría tiempo asumir sus lugares.

El sitio donde Spooner esperaba estaba cerca de dos kilómetros y medio de donde se encontraba Kehoe arriba en las montañas Sweet Alice. En una oportunidad, Kehoe creyó oír un ruido distante, pero no se repitió, y había podido ser producido por la caída de una roca o por algún animal pequeño correteando en la oscuridad.

Pero Kehoe estaba inquieto. Saber que podía haber un ataque y que podía quedar aislado arriba de la montaña le preocupaba y un poco después, decidió bajar y acercase al sendero.

Durante un tiempo se habían visto luces y movimiento allá en el rancho, que podía verse claramente, a unos ciento cincuenta metros más abajo hacia el oeste. Fue adonde estaba su caballo y montó en él.

———

APARECIÓ MARIE EN la puerta de la casa.

—Gaylord, ¿me podrías conseguir agua fresca?

—le preguntó—. El doctor quiere hervir sus instrumentos.

Cruz salió de entre las sombras, tomó el balde y se fue hacia el manantial.

Marie se quedó de pie junto a Riley en la oscuridad.

—¿Cómo está? —dijo Riley en un susurro.

—Mal… muy mal. El doctor está realmente preocupado.

Ambos guardaron silencio por un minuto y después Marie dijo:

—Gaylord, ¿fue por eso que no quisiste decir nada la otra noche? ¿Porque estos hombres eran tus amigos?

—¿Sabes quiénes son?

—Kehoe me lo dijo.

—Sí, son mis amigos. Yo fui uno de ellos.

—Pero tú renunciaste a esa vida.

—Sí… y ellos me dieron parte del dinero para que tuviera una oportunidad. Ya ves cómo son las cosas.

—¿Pensaste que me importaría? Sabes que no me importaría.

La noche estaba muy tranquila. Las estrellas se veían cercanas. Era casi de día, aunque aún no había indicios de gris en el cielo. Pero en este lugar el amanecer llegaba de pronto, porque estaban muy arriba.

Gaylord Riley miró las estrellas, consciente de la muchacha que tenía a su lado, pero pensando más bien en lo que esta noche podría significar para él, para ambos. Se trataba de un ataque frontal, protagonizado, en parte, por personas del pueblo y rancheros, aunque la mayoría de los atacantes fueran pistoleros a sueldo de los que habían estado escondidos allá arriba cerca de las montañas Azules.

Algunos de los que salieran heridos podrían ser rancheros, como Eustis o Bigelow, pero una vez que se iniciara la batalla, no podría hacerse nada al respecto. Ellos dispararían y recibirían disparos, tal vez murieran.

Pasara lo que pasara, su plan era quedarse y mantener a los otros con él. En algún lugar, en algún momento, había que asumir posiciones y esta era la suya. Además, ahora tenía algo por lo que valía la pena luchar.

Al menos, Dan Shattuck se había negado a unírseles. Eso era bueno.

Cruz volvió con el agua, y Marie lo siguió hacia la casa, dejando solo a Riley.

Sus dedos tocaron su cinturón lleno de cartuchos de bala que colgaba de sus caderas y luego la canana repleta de cartuchos que cruzaba su pecho. Caminó hacia la entrada del sendero, atento a cualquier ruido.

No se oía nada.

———

DAN SHATTUCK CABALGABA contra su voluntad hacia el oeste con la nota en su bolsillo. La caligrafía no le era familiar, porque nunca había podido ver nada escrito por Martin Hardcastle. El mensaje era simple y directo, y la nota no iba firmada.

Si quiere evidencia, diez de sus novillos están en
un corral allá arriba, cerca de las ruinas de las

proximidades del otero House Park. Han sido marcados recientemente con la marca 5B.

Había varias formas de cambiar la marca Lazy S por la 5B, que era la marca de Gaylord Riley. Ansioso como estaba por atrapar a cualquiera que estuviera robando su ganado, Shattuck temía descubrir que el cuatrero fuera en realidad Riley.

Por lo tanto, al recibir la nota, que fue dejada bajo su puerta, no dijo nada a nadie, pero ensilló su caballo y se alejó en la noche. Si encontraba el ganado en el otero House Park, podría tener evidencia que lo convenciera. Y si encontraba esa evidencia, se uniría a los atacadores.

El otero House Park era una roca imponente que prácticamente dividía la cuenca donde se decía que Riley tenía su ganado, y estaba apenas a unos kilómetros al norte del rancho en la meseta del Cañón Oscuro.

Shattuck tenía un buen caballo y cabalgaba a gran velocidad. Ya no era joven, pero era delgado y fuerte y había sido un buen jinete desde niño. Además, conocía el territorio que debía recorrer. Rodeando la meseta Salt Creek, siguió un borroso sendero hacia el otero.

_____

MARTIN HARDCASTLE, QUIEN estaba enterado de casi todo lo que ocurría, no sabía que Chata, el muchacho mexicano, tenía un héroe. Chata le tenía un miedo enfermizo a Hardcastle, y obedecía a cada una de sus órdenes, a cambio de lo cual, Hardcastle

se encargaba de que recibiera alimento y ocasionalmente le daba dinero; pero todo eso no significaba
nada, comparado con su ídolo.

Ese ídolo era un hombre de su propia raza. Era un
vaquero de lo mejor, diestro con el lazo y excelente jinete, con una puntería sin par. Ese ídolo era Pico, y,
al tenerlo tan cerca, Chata no pudo resistir a la oportunidad de verlo una vez más.

En la barraca del Lazy S, Chata se deslizó hasta la
puerta sin ser visto. Allí se detuvo, con miedo de con-
tinuar. Se oían los ronquidos que venían del interior
de la barraca, y la puerta estaba abierta, porque aunque la noche era fresca, no hacía frío. Se acercó más,
pegado a la pared, con la esperanza de poder ver a su
héroe y, tal vez, darle un vistazo a la pistola que llevaba.

—Chata —la voz era casi un susurro, pero Chata
saltó como si lo hubieran golpeado—. ¿Qué haces
aquí?

Pico estaba sentado al borde de su catre, con una
pistola en la mano.

—Sólo miraba —dijo Chata—, quería ver la pistola.

—Ya la viste. Ahora es mejor que te vayas. Te podrían disparar, si te ven merodeando así.

Le hablaba en voz baja, y en su idioma. Cuando
terminó, comprendió que la presencia del muchacho
en el rancho no podía ser accidental.

—Chata, dime, ¿qué viniste a hacer aquí? ¿A qué
viniste?

Chata no supo qué contestar. Una de las reglas del
señor Hardcastle era que uno no hablaba de los men-
sajes que llevaba, ni de los mandados que hacía.

Hasta ahora, siempre había obedecido esa regla, pero ahora... ¡este era Pico!

—Por un mensaje para el señor Shattuck.

¿Qué mensaje? Eso no lo sabía, sólo que venía del Señor Hardcastle... sólo que no debía decir eso.

¿Le había entregado el mensaje a Shattuck? No, lo había metido por debajo de la puerta y luego se había escondido cuando Shattuck salió a mirar.

¿Qué decía el mensaje? Chata respondió que él no podía leer inglés. Naturalmente, podía leer las marcas; las marcas eran iguales en cualquier idioma, pensó.

¿Qué marca? La 5B. También había algunas letras, letras grandes como en todas las marcas, pero estas eran las iniciales de otras palabras. Eran O–, H–, P–, y las palabras no eran largas.

Pico estaba absolutamente alarmado. Ahora sabía que el ruido que lo había despertado había sido el de un caballo. ¿El pony de Chata o un caballo montado por Dan Shattuck? Todo lo que sabía era que Dan Shattuck había salido a caballo en la noche, siguiendo las instrucciones de un mensaje sin firma, y seguramente en dirección a una trampa.

Se vistió sin demora y fue hasta la casa. La cama de Dan Shattuck estaba vacía, tampoco estaba en su oficina. Se había llevado su cartuchera y su Winchester.

Mientras Pico ensillaba un caballo, pensaba en nombres de lugares. Sin duda, la marca 5B limitaba un poco el área, porque sólo había dos cosas que harían que Dan Shattuck saliera y se fuera a caballo a medianoche. Cuatreros, o algo que tuviera que ver con Marie.

La marca 5B era la marca de Riley, y Riley había sido acusado de robar ganado, por lo tanto, Pico se dirigió al 5B, tan rápido como pudo. Mientras cabalgaba, iba repasando en su mente todos los lugares y nombres en los que podía pensar que tuvieran alguna relación con el área del 5B.

La punta Maverick… las Siete Hermanas… la Pradera de los Mormones… la meseta Salt Creek… Bridger Jack… Bolsillo Grande… punta del Muerto… el Cañón Oscuro… el otero Catedral… , ese podía ser el significado de la letra O, otero.

Cañón Gyp … la Cuenca… Y entonces supo qué era: ¡el *Otero House Park*!

Pico jamás había espoleado un caballo. Ahora lo hizo.

CAPÍTULO 14

HABÍA MUCHO MOVIMIENTO en la noche. Había agitación en los cañones, un murmullo de ruidos provenientes de la meseta que no eran producidos por el viento ni por el paso de un coyote. Sólo los animales salvajes estaban quietos, pero tenían las orejas erguidas para captar los sonidos extraños.

Aquí y allá, un casco sonaba contra una roca, se oía el crujir del cuero de una silla o el tintinear de una espuela. En algún lugar, las agudas puntas de las ramas de los matorrales rozaban contra unos zamarros de cuero, un caballo inquieto golpeaba sus cascos contra el suelo, y un hombre aclaraba su garganta. Eran sonidos pequeños pero distintos, y todos los animales estaban alerta, porque ninguno sabía cuál era la presa ni cómo terminaría la cacería.

Lo único quieto eran las estrellas, y en la espesa oscuridad de la noche, las rocas proyectaban sus más profundas sombras.

Dentro de la casa del rancho, sobre el Cañón Oscuro, el hombre llamado Weaver había recobrado la conciencia y estaba descansando tranquilo, con la bala ya fuera de su cuerpo.

Miró a Riley.

—No han debido hacerlo, Lord. No han debido traerme aquí.

—Este es tu lugar. Esta es tu casa.

En la habitación a media luz, Weaver se veía pálido y demacrado, y Riley sintió que la fría mano del miedo le recorría la columna. Él, que no tenía familia, sabía que estos hombres eran su familia, estos hombres del Sendero de los Forajidos, y él los había recibido, para bien o para mal.

—No te preocupes, hombre —le dijo en voz baja—. Estás en casa.

Se dio la vuelta entonces y salió a la oscuridad. Nadie habló, no se oía ningún ruido, sin embargo, se podía sentir el movimiento en la noche. Los cañones y los desiertos tienen sus sonidos tenues y propios, porque ni siquiera en los lugares más solitarios el silencio es total. Hay movimientos mínimos, cierta ausencia de quietud, pero esta noche era distinto. No era sólo porque estuviera tan alerta. No estaba imaginando nada. Sabía que había problemas allá afuera, y que momento a momento se iban acercando más y más.

Sus oídos se habían habituado a seleccionar los ruidos, y, gracias a haber pasado su vida en territorios inexplorados, sabía que cada uno de ellos era diferente. Sus oídos filtraban o ignoraban los sonidos normales. Eran los sonidos extraños, o la ausencia de ruido, lo que representaba para él una advertencia. Cuando los insectos dejan de hacer ruido, es porque hay algo cerca, algo desconocido, algo que no entienden.

Ahora él llevaba su Winchester como acunado en

su brazo y miraba hacia la montaña donde estaba Kehoe. No había noticias de él, ¿sería eso bueno o malo?

———

DAN SHATTUCK LLEVÓ su caballo al paso hasta las ruinas cerca del otero House Park, y las encontró desiertas. Las examinó con cuidado, mirando al suelo, intentando detectar huellas, si hubiera algunas visibles. Pronto amanecería, y ya había luz suficiente para ver que no había huellas, a excepción de las del ganado, desde la época de lluvia, y se trataba de ganado que deambulada libremente mientras pastaba, sin ser conducido por nadie.

Se enderezó en su silla y de pronto sintió miedo.

Había sido un tonto de haber venido hasta aquí sin ayuda. Al menos había podido decirle a Pico. Y Pico hubiera querido que estuviera acompañado y habría insistido en acompañarlo él mismo. Ahora, Shattuck deseaba que Pico estuviera aquí.

Miró atentamente a su alrededor. Había un corral, un viejo corral de postes cerca del manantial al oeste del otero. Podría ser allí donde estaba encerrado el ganado. Sacó su Winchester de la funda y se abrió camino cautelosamente entre los juníperos.

Mientras avanzaba despacio hacia el corral que estaba casi oculto, otros eventos estaban a punto de llegar al clímax. De pronto oyó venir unos caballos, y se detuvo en seco. Desmontó y agarró los ollares de su caballo para evitar que emitiera el más leve relincho.

En la tenue luz, pasaron como una ráfaga cinco

jinetes. Reconoció a Nick Valentz. Los otros eran desconocidos; uno de ellos era un vagabundo que había visto en una ocasión cerca de la taberna de Hardcastle. Cuando se fueron, él continuó su camino.

En ese mismo momento, a unos pocos kilómetros al sur, Strat Spooner miró su reloj. Ya casi era hora. Nick debería estar ubicándose en su posición.

A unos cuantos kilómetros al oeste de donde se encontraba Shattuck esperando entre los cedros para ver pasar a Valentz, Darby Lewis se despertó a la que sería su última mañana en la tierra.

El cielo apenas empezaba a clarear por el este, pero despertó de repente, sobresaltado, como si lo hubiera sorprendido algún ruido, sin embargo, no se oía nada. Enlazó sus dedos detrás de la cabeza y miró a las estrellas. Había decidido dormir en la cuenca en lugar de volver al rancho, pero esta mañana se arrepintió de haberlo hecho. En primer lugar, había terminado, por ahora, lo que tenía que hacer aquí. Y en segundo lugar, le gustaría beber un poco de ese excelente café que siempre preparaba Cruz.

Además, le tocaba un poco de tiempo libre en el pueblo. Había permanecido demasiado en este trabajo, y quería ver a las muchachas y tomarse unos cuantos tragos; tal vez jugar una o dos manos de póker.

Salió de la cama, se puso su sombrero y luego sus bluejeans. Mientras más lo pensaba, más le agradaba la idea de volver al pueblo. Se vistió, enrolló su cama y la amarró detrás de la silla. Montó su caballo y se dirigió al rancho. Eligió un sendero poco visible que subía por el Cañón Sur. El terreno era muy irregular al llegar a la meseta, pero ya, en otra oportunidad, había utilizado este atajo.

Cruzó la cima y estaba a punto de llegar a la meseta cuando vio los jinetes. Avanzaban delante de él a campo traviesa, al descubierto, mientras que su avance seguía encubierto por juníperos.

Conocía a esos jinetes, porque a veces había robado ganado con algunos de ellos. Conocía muy bien a Nick Valentz, y nunca le había gustado. Tan pronto como lo vio, imaginó lo que ocurría. Los rancheros iban a atacar a Riley, y de alguna forma, Nick Valentz estaba involucrado en eso.

Conocía un ataque por sorpresa cuando lo veía, y sabía que este debía de ser apenas una pequeña parte del movimiento. Era probable que en el rancho estuvieran aún dormidos y, hasta donde sabía, Riley y Cruz estaba allí solos.

Esta era su oportunidad. No tenía nada que ver en esta pelea. Estaba al margen, y nadie esperaba que volviera justo ahora. Podía regresar y esconderse en uno de los cañones al norte de la cuenca a esperar a que todo pasara. Después de todo, había estado pensando en retirarse.

Claro que se podía ir. Podía devolverse por donde había venido; podía acortar camino y cabalgar a toda velocidad a lo largo de la punta Wild Cow, o podía dejar pasar a los jinetes y luego seguir el rastro de los atacantes hacia atrás hasta Rimrock.

No hizo nada de eso. Porque de repente, y casi con alivio, Darby Lewis supo que había llegado el momento de tomar una determinación.

Fue una decisión extraña, porque toda su vida había sido de esos que van con las corrientes, permitiendo que las lleve a donde quiera. Ahora tenía la oportunidad de irse y permanecer al margen, y de pronto supo que no lo haría.

Desenfundó su Winchester, la levantó y disparó un tiro. Jamás había matado a un hombre por la espalda y no quería hacerlo ahora. Pudo haber sido eso lo que dañó su puntería, porque falló un disparo que debería de haber dado sin duda en el blanco.

Valentz se volteó rápidamente en su silla, con el miedo y la ira pintados en su rostro. Levantó su rifle y Darby Lewis disparó de nuevo; y esta vez no falló. Valentz recibió el impacto en el tórax y la bala lo atravesó abriéndole el corazón.

Darby Lewis, consciente de que debía prevenir a los que estaban en el rancho, se apresuró a buscar refugio tras unas rocas, disparando mientras cabalgaba. Los cuatro jinetes le apuntaban con sus rifles, y sintió el impacto de las balas. No tuvo dolor, sólo sintió tres impactos fuertes, dos casi simultáneos, el tercero un instante después. Darby sintió que caía, pero logró sostenerse por un instante agarrado de la cabeza de su silla antes de soltarse. Cayó al suelo de espaldas y rodó, quedando boca abajo.

Aterrado, se dio cuenta de que lo habían herido gravemente, pero cargó una bala en su rifle y, cuando vino al galope tras él el primer hombre entre las rocas, Darby disparó y le dio justo en el tórax, mientras las balas lo hacían caer de nuevo sobre la hierba.

Darby Lewis se volteó de lado, sintió la sangre húmeda contra su piel y miró fijamente al hombre muerto, mientras parpadeaba con lentitud. Sentía los párpados muy pesados.

Reconoció al hombre como uno de los pistoleros que había visto en las proximidades de la taberna de Hardcastle, y rió. Nunca se había considerado un pistolero, sólo un vaquero a sueldo, pero en unos pocos segundos había acabado con Nick Valentz y con este otro.

Ayudándose con la culata de su rifle, clavándola en el piso a medida que avanzaba, se arrastró agarrado a su arma. Logró salir a la luz del sol y dijo en voz alta:

—No quiero morir en la oscuridad.

Fueron sus últimas palabras, y fue necesario que los buitres que volaban en círculo indicaran, horas más tarde, a los sobrevivientes del rancho que Darby Lewis había muerto disparando.

Al oír los tiros, Strat Spooner maldijo con ira y clavó las espuelas en los flancos de su caballo. Cuando llegaron al rancho, sus caballos iban a la carrera y salieron a la pradera, dispersándose de inmediato en todas direcciones.

Confiados en su gran número, no se habían tomado el trabajo de examinar el área. Lo que atacaron no fue un campamento a medio construir, como los que se encuentran en la mayoría de los nuevos ranchos, sino una casa de troncos sólida, bien construida, una barraca también de troncos y un establo con un techo casi plano y un parapeto alrededor, provisto de aspilleras.

Jim Colburn los oyó venir.

—Allá —le dijo a Parrish—. Tú los atacas por la izquierda, yo por la derecha.

El primer hombre que apareció en terreno abierto venía gritando como un comanche, pero los gritos se ahogaron, porque la bala de Colburn lo hirió en la garganta y el mentón.

El hombre cayó de cabeza, bajo los cascos de los caballos que venían atrás. En la confusión que duró apenas unos segundos, Parrish hirió a un jinete, derribándolo de su montura, y luego los dos hombres dispararon de nuevo.

Riley, de cuclillas en el techo del establo, no había disparado ni un tiro, consciente de que entre más tiempo pudiera mantener oculta su posición, sería mejor.

La sorpresa programada por Spooner había fracasado, y no habría más ataques. De aquí en adelante, la pelea sería más dura, con movimientos y disparos esporádicos buscando blancos, y con un riesgo en cada disparo.

Riley permaneció agazapado estudiando el terreno a su alrededor. En dos oportunidades vio hombres moviéndose, pero no disparó. Eligió tres posibles blancos, eligió tres lugares donde pensó que cada hombre podía aparecer, e hizo tres ensayos en seco, moviendo su rifle para cubrir cada uno de los tres puntos.

Retumbó un disparo de rifle y uno de los vidrios de las ventanas de la casa se rompió. Riley soltó una palabrota... había sido muy difícil traer ese vidrio hasta aquí. Luego vino una ronda de disparos todos hacia la casa.

De repente, los hombres que estaban abajo comenzaron a moverse. Uno de los blancos elegidos por Riley era un hombre con una camisa a cuadros, y cuando este se levantó de su posición en cuclillas entre los árboles para arremeter hacia adelante, Riley le disparó; apuntó de inmediato a los blancos números dos y tres. El tiro dirigido al blanco número dos falló, porque no había nada allí; en el blanco número tres, un hombre, sorprendido, dio un grito y se lanzó al piso a buscar refugio.

Ahora ya sabían donde estaba y lo atacarían, por lo que abandonó su posición en el tejado, dejándose caer por la trampilla que daba al heno guardado abajo. Cuando cayó sobre un montón de heno, un hombre que estaba de pie justo adentro de la puerta del granero se dio la vuelta y se quedó mirándolo sorprendido. Riley no había recobrado aún el equilibrio, pero disparó desde la altura de la cadera y el hombre cayó de inmediato, disparando a su vez. Ambos fallaron los tiros. De inmediato volvieron a disparar, y Riley cayó al heno dando un volantín.

Cuando logró ponerse de rodillas para volver a disparar, el hombre se había ido. Había salido corriendo del granero por la ladera, y allá afuera retumbó el disparo de un rifle... se oyó luego un segundo disparo.

De pronto apareció Kehoe en la puerta.

—Le di —dijo.

De un momento a otro, todo quedó en silencio allá afuera. Entre los que perpetraron el ataque, había rudos pistoleros, veteranos de guerras entre ganaderos y cuatreros, pero también jinetes vagabundos, hombres sin rumbo que se habían unido al grupo por un sueldo, y se habían encontrado con una encarnizada que la paga que recibían no justificaba. Una cosa era un ataque sorpresivo contra unos

pocos hombres desprevenidos. Otra era atacar a media docena de hombres rudos, atrincherados, exper-
tos en este tipo de enfrentamientos y dispuestos a
pelear.

De pronto se oyó el rápido galope de un caballo
en retirada —alguien había llegado a su límite—. Esta
acción tuvo un efecto de contagio que se difundió, y
otro más se alejó y luego otro. Este último fue Eustis.

Le pareció que dos balas le habían pasado muy
cerca… en realidad pasaron muy lejos; pero el sonido de una bala que rebota puede ser escuchado por
varias personas como proveniente de direcciones totalmente opuestas y cada una asegurará que la bala
le pasó muy cerca, que se salvó por un pelo.

Pocos sonidos hay más desagradables que el de
una bala que rebota, y el ardor de Eustis se esfumó.
De pronto se dio cuenta de que él mismo podría morir, que ahorcar cuatreros, por culpables que fueran
o por cualquier otra razón, podría ser, en último término, un oficio peligroso.

Su rancho estaba a cierta distancia y si quería llegar a tiempo para el almuerzo, tendría que apresu-
rarse. Efectivamente llegó a tiempo, pero no tenía
apetito.

Hubo algunos disparos esporádicos, desafiantes,
pero el ataque había terminado.

Gus Enloe, con su chaleco de cuero de becerro aún
intacto, condujo a los maltrechos atacantes restantes
de vuelta a Rimrock. De los que se habían arriesgado
a participar en el ataque, siete habían muerto, y varios otros estaban heridos. Strat Spooner no estaba
entre ellos.

Strat era un pistolero a sueldo y no tenía la menor

intención de que lo mataran. Fue el segundo hombre que entró a terreno abierto en la primera arremetida, y después de salir de allí a todo galope, volteó una vez a mirar atrás. Dos de sus hombres habían caído, y no le agradaba esa forma de disparar. Además, tenía otras cosas en mente. Cuando venía cabalgando hacia el rancho había visto un caballo ensillado en el corral… era la yegua de Marie Shattuck.

Tarde o temprano, Marie se iría a su casa.

————

GAYLORD RILEY VOLVIÓ caminando lentamente por el patio del rancho bajo el sol de las primeras horas de la mañana. Hacia el oeste, la parte superior de los muros de los vastos cañones rojizos brillaban con los rayos del sol naciente; más allá de las montañas al este todavía había sombras, y en las profundidades del cañón reinaba aún la oscuridad. Permaneció de pie por un momento en el patio del rancho, mirando hacia el este, en la dirección en la que habían huido los jinetes que, rodeando el rancho, se fueron por la primera vía de escape que encontraron.

Marie salió de la casa.

—¿Estás bien?

—Tuvimos suerte —respondió—, todos nosotros.

—Me iré a casa con Sampson McCarty —dijo—. El doctor se quedará un poco más.

Permanecieron allí de pie juntos, disfrutando el calor, sin pensar en nada, medio aturdidos por la intensidad de los acontecimientos. Se limitaron a absorber el calor, el aire puro, el leve olor a madera quemada proveniente de la chimenea encendida dentro de la casa.

—Cuando todo esto haya pasado —dijo Riley—, iré a visitarte.

—Hazlo —respondió ella.

En la habitación del enfermo, Weaver permanecía acostado, solo, escuchando el silencio. Podía percibir el leve murmullo de voces, pero no había ningún otro ruido. Cruz y Kehoe habían salido de la habitación, pero aún persistía allí el olor acre de la pólvora. Era un viejo olor, un olor muy familiar.

Permanecía allí acostado, muy quieto, totalmente cómodo, sin ninguna necesidad.

Habían pasado ya los agitados días de cabalgar, y los muchachos estaban instalados. Había tenido razón acerca del joven muchacho, desde el principio. Tal vez, cuando se hiciera la cuenta de todos sus pecados y fracasos, esto le serviría de algo en la columna de sus haberes. Weaver se incorporó apoyándose en un codo y miró por la ventana que tenía el vidrio roto por los disparos de rifle.

El aire era fresco. Era agradable y olía a pino. En ese preciso momento, Weaver supo que iba a morir.

Se había estado sintiendo mejor. Había disfrutado el retumbar de los rifles. Su vida se había desarrollado al ritmo de ese sonido y con él moriría.

Le quedaba aún algo más por hacer. Acercó un trozo de papel de envolver color café que había sobre la mesa y con mucha dificultad escribió:

El Último Deseo y Testamento de Ira Weaver.
Todo se lo dejo al muchacho, Gaylord Riley.

Ustedes cuelguen sus espuelas, Jim, Parrish y Kehoe. Yo me largo de aquí ahora mismo.

Ira Weaver

Se acostó de nuevo en la cama y se quedó mirando al techo. Podía oír las voces del muchacho y su muchacha, allá afuera, como un leve murmullo.

—Bien, ¡por todos los cielos! —dijo en voz alta, al tiempo que sonreía—. ¡Me quité las botas!

Ligeramente sorprendido y muy satisfecho, murió.

CAPÍTULO 15

DURANTE MUCHO TIEMPO después de que Valentz y los demás que lo habían acompañado habían pasado, Shattuck permaneció donde estaba. Intranquilo, tenía la sensación de que debía irse y regresar al rancho. Aquí estaban pasando cosas con las que no quería tener nada que ver, y había venido esta mañana con la esperanza de que su nota fuera desmentida, no aprobada.

Marie estaba enamorada de Gaylord Riley... de eso estaba seguro. Si Riley en realidad era un cuatrero, le daba miedo llegar a confirmarlo, por lo que esto podría representar para Marie. Durante muchos años, ella había sido su única familia, su única razón de ser.

Se había disgustado cuando Riley había comprado ganado Cara Blanca. Había enfrentado la situación y la había aceptado, aunque con cierta reticencia. Había disfrutado del infantil orgullo de ser el único propietario de ganado Cara Blanca, y había sido ese orgullo herido, más que el temor de que los cuatreros robaran su ganado, lo que lo afectó.

No había creído, ni por un minuto, que alguien pudiera traer ese ganado desde Spanish Fork, pero parecía, sin lugar a dudas, que Riley lo había logrado. Esto quería decir que conocía un camino distinto de los habituales.

El Sendero de los Forajidos, que llegaría a ser ampliamente conocido años después, era en este entonces apenas un rumor. Los pocos que habían cruzado el Anticlinal San Rafael habían hablado de ausencia de agua —escasamente el agua suficiente para un pequeño grupo de vaqueros, ni qué decir para una manada de reses—. Sin embargo, los mormones que habían llegado al territorio de San Juan habían atravesado ese territorio por alguna parte. No tenía muchos conocimientos de cómo había sido su recorrido, pero sabía que lo habían logrado.

Lo cierto era que Riley había traído su ganado a través de ese territorio y, con sólo ese viaje, se había convertido en uno de los más importantes rancheros de la región. Eso demostraba que era un hombre emprendedor, tal vez uno hombre con visión.

Dan Shattuck sacó un tabaco del bolsillo de su chaleco y le cortó la punta, luego lo colocó entre sus dientes. Sabía que se debía ir de allí de inmediato.

Fue en ese momento cuando escuchó los tiros que mataron a Darby Lewis y a otros dos. Fueron disparos distantes, pero suficientemente claros. Los escuchó, comenzó a dar la vuelta en su caballo y luego titubeó.

Debía asegurarse. Marie no debía casarse jamás con un bandido, con un cuatrero. Cabalgó hacia el viejo corral. Y lo encontró vacío.

El sol que saldría sobre el sitio de la batalla en el rancho de Riley, el que brillaría sobre la muerte a lo largo de la meseta del Cañón Oscuro, aún no había salido. La mañana era gris con la claridad que precede al amanecer, pero pudo ver que el viejo corral no sólo estaba vacío, sino que no había evidencia de que hubiera sido utilizado en muchos meses.

Más allá del corral había una ligera pendiente, cubierta de álamos. Un leve movimiento llamó su atención y miró hacia allá en el momento en que Martin Hardcastle salía de entre los árboles con un Winchester.

—Usted me rechazó, Shattuck —dijo con voz ronca—. Me despreció. Me consideró inepto para casarme con su sobrina.

Dan Shattuck miró a Hardcastle a los ojos con altivo desprecio.

—Naturalmente, Hardcastle —dijo en voz baja—. Naturalmente. Mi sobrina piensa por sí misma, y se casará con quien ella quiera, pero definitivamente no con usted. Usted ha tenido una taberna, usted ha traficado en mujeres. Usted no es un hombre adecuado para ninguna muchacha decente. Ha debido saber eso antes de preguntar.

—Será mía —dijo Hardcastle—, de una u otra forma. Sin usted, no habrá nadie que se interponga en mi camino, y usted estará muerto.

Shattuck calculó el tiempo en su mente. ¿Hasta qué distancia podría desenfundar antes de que la bala lo alcanzara? Nunca había sido rápido con una pistola… tendría que serlo ahora.

—Se equivoca. —Lo observó, esperando que el cañón del rifle apuntara hacia abajo o se desplazara a un lado para darle una mayor oportunidad—. Mi sobrina está enamorada del joven Riley. Si no estuviera tan ciegamente preocupado por usted mismo, se habría dado cuenta.

—¿De Riley? —Hardcastle quedó sorprendido—. ¿De ese muchacho? ¡Usted está loco!

Shattuck hizo un leve movimiento como para encogerse de hombros y logró mover su mano tres centímetros más cerca de la culata de su pistola.

—Me lo dijo ella misma —le mintió—, y ahora está con él allá en su rancho.

—¡La matarán! ¡Atacarán ese rancho!

Shattuck no dijo nada, pero movió su mano hacia atrás un poco más. Tenía la boca seca, pero nunca le quitó los ojos a Hardcastle.

—Será mía —repitió Hardcastle—. Strat matará a Riley, y ella será mía.

—Tendrá que matar a Ed Larsen y a Sampson McCarty también —dijo Shattuck—. Ellos no permitirán tal cosa.

—¡Al diablo! Yo...

Dan Shattuck se arriesgó. Movió rápidamente su mano hacia atrás y tomó la pistola, pero cuando estaba apretando los dedos sobre la culata, sintió el impacto de la bala, y cayó al recibir un segundo disparo cerca del cráneo. Golpeó el suelo y quedó acostado quieto, no del todo inconsciente.

Hardcastle se dirigió a donde estaba su caballo y lo montó mientras observaba la figura inmóvil acostada sobre el piso y la oscura mancha de sangre.

—Si aún no está muerto —dijo—, pronto lo estará.

Hizo girar su caballo, sosteniendo el rifle listo para disparar, pero no se movía ni un músculo, no había señas de movimiento alguno. Medio levantó el rifle como para disparar de nuevo, pero ¿para qué? El hombre estaba muerto.

Miró fijamente el cuerpo, mientras experimentaba la emoción del triunfo. ¡Miserable viejo estúpido… pretender interponerse en el camino de Martin Hardcastle!

Oyó que se aproximaba un caballo a todo galope, y volteó a mirar sorprendido. Aún antes de ver al caballo, había podido detectar el sombrero del mexicano.

¡Pico!

Se había olvidado de Pico.

Metió una bala en la recámara y levantó el rifle, listo para un rápido disparo.

Pico apareció en terreno abierto y venía a todo galope. Hardcastle levantó en un segundo el rifle y disparó… el tiro falló por mucho. Dio la vuelta en su caballo, levantó de nuevo el rifle y vio a Pico arremeter contra él.

No era tan buen jinete como el vaquero, ni tan bueno para disparar. Disparó, pero no lo suficientemente rápido. El mexicano cabalgaba directamente hacia él y, de pronto, cuando no los separaban ni tres metros, la pistola de Pico comenzó a escupir bocanadas de fuego.

Hardcastle nunca pudo recargar la recámara del rifle, porque el mexicano estaba demasiado cerca. Apuntando su pistola hacia abajo, Pico disparó tres veces al estómago de Hardcastle.

Martin Hardcastle sintió los fuertes impactos por tres veces en su estómago, y se sintió caer. Se agarró con desesperación a la cabeza de su silla, pero su caballo huía, al haber sido quemado por una de las balas. Los hombros de Hardcastle golpearon contra el suelo, mientras su pie quedó atorado en el estribo.

En su alocada carrera, el caballo, con el cuerpo de Hardcastle rebotando a su lado, atravesó un área de matorrales secos, después pasó por un terreno rocoso y sobre otro de lava. Por casi medio kilómetro, el pesado cuerpo de Hardcastle rebotó y golpeó contra los matorrales y las piedras, y luego su bota se zafó liberando su pie. Aún después de todo esto, seguía consciente, en sus cinco sentidos.

Los cascos del caballo sonaron sobre las rocas, golpearon el suelo, y luego el animal desapareció.

Martin Hardcastle quedó allí tendido, desgarrado y sangrando, su cuerpo en carne viva y lacerado, y en su estómago los orificios de las tres balas, una de las cuales le había rozado la columna vertebral.

Una hora después, sin poderse mover, su cuerpo un interminable océano de dolor, vio el primer buitre en el cielo. Describió un amplio y perezoso círculo.

Después ya no era uno, sino dos.

CAPÍTULO 16

GAYLORD RILEY MIRÓ a su alrededor, analizando toda la situación. Habían pasado tantas cosas en tan corto tiempo. Había que retirar los cuerpos de dos hombres; sin duda habría otros entre los matorrales.

Fueron saliendo los demás, y Cruz se dirigió hacia la casa. El doctor Beaman examinó los cuerpos de los hombres muertos, y siguió a Cruz. Nadie dijo nada, ninguno tenía deseos de hablar. Tell Sackett, que se disponía a irse, se dirigió al corral a enlazar su caballo. Marie se había ido cabalgando con McCarty.

Colburn y Parrish fueron a donde estaba el cuerpo de Nick Valentz.

—Lo conocí allá abajo en el río Brazos, hace años —comentó Parrish—. Fue un bueno para nada. Spooner y él anduvieron juntos por años.

Habían empezado a cavar tumbas cuando oyeron venir unos caballos. Riley salió, alistando su pistola dentro de la cartuchera.

El que llegaba era Pico, y en otro caballo venía Dan Shattuck.

—¿Está el doctor aquí? Él está herido… es grave.

Llevaron a Shattuck a la casa, y el doctor Beaman se encontró de nuevo muy ocupado. Por un tiempo, el herido estuvo entre la vida y la muerte, pero Beaman era un buen doctor, y Shattuck era un hombre fuerte. Después de un rato, salió el doctor con expresión de satisfacción.

—Vivirá —dijo.

Riley permaneció de pie junto al corral mientras Sackett ensillaba su caballo.

—Si vuelves por estos lados, no dejes de venir al rancho.

Sackett aceptó su sueldo.

—Tal vez vuelva —respondió—. Soy un andariego.

Había transcurrido ya media mañana cuando llegó Ed Larsen a caballo al patio del rancho. Dándose vuelta en la silla, miró a su alrededor. Había poco que ver. Los cuerpos ya habían sido llevados al lado de sus tumbas, las manchas de sangre estaban cubiertas con arena limpia.

Riley salió a recibirlo y, con el mayor detalle posible, le explicó lo que había ocurrido. El doctor Beaman estaba de pie a su lado, escuchando. Por último dijo:

—Así sucedió, Ed. Los atacaron y se defendieron.

Cuando Larsen se dirigió en su caballo hacia los corrales, el doctor Beaman dijo:

—Ese hombre allá adentro… murió.

Riley sólo lo miró fijamente, porque no encontró palabras. Weaver había muerto… de cierta forma lo esperaba. La herida había permanecido demasiado tiempo sin atención. Al menos, ya no estaba sufriendo.

El Sheriff Larsen miró lentamente alrededor, luego bajó del caballo.

—Me vendría bien un poco de café —dijo, y los siguió hacia la casa.

Sosteniendo la taza con ambas manos, miró a Colburn.

—La última vez que lo vi yo estaba trabajando en un almacén en Dodge. Usted cabalgaba para Pierce... vino por el camino con él. Usted tenía fama de ser un buen vaquero. —Probó su café y miró a Cruz con respeto—. Yo juzgo a un hombre por sus actos —dijo.

Cuando Larsen se fue, Colburn se quedó mirándolo mientras se alejaba, luego sonrió y dijo:

—Riley, ¡nunca pensé que alguna vez me llegara a *agradar* un sheriff!

Jim Colburn se dirigió a la puerta con Riley.

—Está bien, Lord —dijo, por fin—, nos quedaremos... siempre que no te causemos ningún problema.

—Esto pondrá fin a los problemas —dijo Riley.

—Entonces, cumple la última orden de tu antiguo jefe. Ve a visitar a esa muchacha, y no pierdas tiempo. ¡Vete ya!

Strat Spooner era un hombre cauteloso, y sabía cuál era la sentencia en el oeste por violar a una mujer. Pero el tiempo de razonar había terminado, porque era un hombre obsesionado.

Además, con el alboroto que había causado en el territorio el ataque al rancho 5B, y con los vaqueros sin rumbo que empezaban a abandonar el territorio en todas direcciones, sería difícil, si no imposible, saber cuál de tantos había hecho lo que él pensaba hacer en el rancho de Shattuck.

Se tomó su tiempo, se mantuvo en terreno bajo y aprovechó cualquier escondite posible, porque no quería ser visto en absoluto. Aunque no se preocupó por cubrir sus huellas hasta que llegó al territorio reclamado como de su propiedad por Dan Shattuck. En una oportunidad, desde la ladera del monte del Caballo, vio a Marie. Cabalgaba con alguien que llevaba una chaqueta negra, y eso significaba que sólo podía ser Sampson McCarty o el doctor. Y probablemente cabalgarían hacia el pueblo cuando ella gire para tomar el camino al rancho Lazy S.

Comprobó de nuevo el funcionamiento de sus armas. No tenía mucho de qué preocuparse. En esta época del año, Shattuck solía tener sólo dos vaqueros fuera de Pico. Probablemente estarían a kilómetros de distancia, más allá de Horsehead, donde Shattuck mantenía la mayor parte de su ganado.

Con toda seguridad, allí estaría el viejo cocinero, pero él no ofrecería resistencia.

Desde la cima de una colina cercana al rancho, Strat Spooner se sentó a fumar mientras observaba el lugar. Vio llegar a Marie sola, vio al cocinero salir a la puerta y derramar un poco de agua, pero transcurrió una hora y no vio a nadie más. Si había alguien en el rancho a esta hora del día, probablemente estarían adentro yendo de un lado a otro de la casa. Se puso de pie y se sacudió los pantalones.

Bajaría como si fuera buscando dónde comer algo. En el oeste nadie le negaba comida a un hombre hambriento. Una vez adentro, lo demás sería fácil, y en unos minutos sabría si había alguien más en las proximidades.

Sentía un extraño entusiasmo, pero estaba a la vez nervioso. Tenía la boca seca y continuamente se humedecía los labios. Se dio la vuelta varias veces para mirar alrededor, pero no vio a nadie. Entró a caballo al patio del rancho, despacio, atento al más mínimo movimiento.

Conocía los caballos favoritos tanto de Dan Shattuck como de Pico, y no había ninguno.

Amarró su caballo con un nudo corredizo y se dirigió a la puerta de la cocina, que estaba abierta. Asomó la cabeza y dijo:

—¿Me podrían dar una taza de café?

Más allá de donde estaba el cocinero, vio una puerta abierta que daba al resto de la casa. Podía escuchar algunos ruidos leves que venían de allá.

Baldwin, quien había cocinado para Dan Shattuck desde que salieron juntos de Baltimore, estaba asustado. Conocía a Strat Spooner, y sabía que, aunque cualquiera podía detenerse en el rancho a comer algo, era muy poco probable que Strat lo hiciera, sabiendo lo que pensaban de él en el Lazy S.

—Justo a tiempo —dijo Baldwin en voz baja. Le sirvió una taza de café, y se sorprendió al ver que le temblaba la mano.

El viejo negro era astuto, y supo que Spooner no había llegado aquí por casualidad. Además, había llegado apenas unos minutos después de la señorita Marie.

Puso una taza de café humeante sobre la mesa con una gran porción de pastel de manzana. No le agradaba Spooner, pero tal vez el pastel de manzana lo pondría de buen humor, y podría hacer que se fuera de allí. El señor Shattuck se había ido con Pico hacía horas… no sabía en qué momento regresarían.

Strat Spooner se sentó y levantó la taza de café. Sus oídos estaban atentos al menor ruido proveniente de la otra parte de la casa, y estaba seguro de que sólo había una persona allí… al menos sólo una que se moviera de un lado a otro.

La cocina era espaciosa; la habitación adyacente era el comedor donde comía todo el personal, y también comían allí Shattuck y su sobrina cuando no había invitados. De pronto, oyó pasos rápidos y ligeros en el vestíbulo, y Marie entró a la cocina.

Se detuvo de repente, aterrada. Después de lo que había pasado en el camino, Strat Spooner jamás se atrevería a venir aquí a menos que estuviera seguro de que estaba sola.

—Buenas tardes, señorita —dijo con naturalidad—. Me alegra verla tan bien.

Luchando contra el deseo de darse vuelta y huir, dijo:

—Ned, tío Dan volverá pronto. Será mejor que prepares también de cenar para Pico.

—Ese tal Riley recibió a unos amigos belicosos —comentó Spooner—. Nunca lo imaginé capaz de tanta violencia.

—Jamás cometa la tontería de retarlo —le respondió ella con frialdad.

—Me alegra que Shattuck y ese mexicano no estén en casa. Era algo que me tenía perplejo.

Por primera vez, Ned Baldwin lamentó no tener una escopeta en la cocina. Nunca había tenido la necesidad de tenerla, y no era un hombre al que le gustaran las armas, aunque sabía cómo usarlas.

Marie se dio la vuelta como para irse a otro lugar de la casa, pero la voz de Strat la detuvo.

—No tan rápido, Marie —dijo—. No he terminado de hablar.

—No tengo nada que hablar con usted —respondió ella.

—Siéntese —le dijo, señalándole el asiento frente a él—. Acompáñeme y tómese un café.

Baldwin aclaró su garganta.

—Usted termine su café, Spooner —dijo—, y váyase de aquí.

Había un enorme cuchillo de carnicero sobre la tabla de cortar, y Ned dio la vuelta y fue hacia allá.

Sin levantarse, Strat Spooner lanzó un golpe de revés con la taza de cerámica y golpeó al anciano negro en la sien. Este cayó como si le hubieran disparado.

Marie corrió hacia el anciano, aterrorizada.

—¡Usted… usted lo mató!

—Lo dudo.

Spooner sacó los elementos necesarios y se fabricó un cigarrillo mientras los observaba.

Luego, estirando rápidamente la mano, la agarró por el brazo, la levantó y, obligándola a ponerse de pie, la sacó hacia el vestíbulo que llevaba a la sala. Con las espuelas tintineando, la empujó delante de él y la lanzó sobre el sofá.

—De nada servirá que grite —dijo, aspirando su cigarrillo—. De nada le va a servir. —Sacudió la ceniza de su cigarrillo y sonrió con una mueca insolente—. Y es mejor que nadie venga. Me vería obligado a matarlos.

—¡Pico está por llegar!

—Ese mexicano no me preocupa en absoluto.

—Fue hasta el otro lado del salón y sacó del seibó una botella de güisqui y dos vasos. Sirvió los dos vasos, dejó la botella sobre el seibó y le alcanzó uno de los vasos—. Aquí tiene, tómese un trago. Y no diga que no soy generoso.

—Yo no bebo.

Spooner estaba disfrutando la situación, pero miraba constantemente hacia las ventanas. No iba a apresurar las cosas, y tampoco se iba a dejar sorprender.

—Tómeselo de todas formas.

—¡No!

La sonrisa condescendiente desapareció de sus labios.

—¡Tome ese vaso y beba! De lo contrario, se lo embutiré.

Ella tomó el vaso y luego, deliberadamente, le lanzó el güisqui a los ojos, pero él esperaba esa reacción y le golpeó la mano. Ella no hubiera pensado que un hombre tan corpulento pudiera ser tan rápido. Tumbó el vaso de su mano y le dio una bofetada con la mano abierta.

El golpe la hizo caer de rodillas, pero se levantó casi de inmediato, aunque los oídos le zumbaban por la violencia del golpe. Rápidamente se puso del otro lado de la mesa de modo que esta los separaba. Él tomó la botella y bebió otro trago, estiró la mano y fue empujando lentamente la mesa hacia la pared. No tenía a dónde ir, y no había ningún arma en la habitación.

Entonces, ambos oyeron un caballo que avanzaba a paso lento allá afuera.

Spooner maldijo y, desenfundando su pistola, se acercó rápidamente a un lado de una ventana. Luego rió. En el patio había un caballo sin jinete, y era el de Dan Shattuck.

Pico, al llevar a Shattuck al rancho de Riley, había tomado el primer caballo que encontró, que resultó ser el de Hardcastle. El caballo de Shattuck, al verse solo, había regresado a casa.

Spooner volvió al centro de la habitación.

—Cariño, es mejor que te portes bien con Strat. Tu tío no va a regresar a casa. Ese era su caballo, y hay sangre en la montura.

Sin preocuparse por Spooner, ella corrió a la ventana y retiró la cortina. Una de las riendas colgaba de la cabeza de la silla y la otra arrastraba por el piso. *Había* sangre en la silla, y también en el flanco del caballo.

Una de las tablas del piso traqueó y ella se echó a un lado justo a tiempo, porque Spooner estaba casi encima. Con mucha agilidad se alejó, tumbando una silla para trancarle el paso. Él se detuvo a servirse otro trago, y lo bebió mientras la observaba con una sonrisa burlona, y se le lanzó…

G AYLORD RILEY HABÍA visto también al caballo sin jinete, y lo había reconocido. Cabalgó más lento mientras se preguntaba qué le diría a Marie acerca de su tío. Su caballo venía del bosque, y no del camino principal, y un instante antes de entrar al patio, vio el caballo de Spooner.

Recordaba claramente el caballo por el ataque del

que había sido víctima esa mañana, y Kehoe le había contado la escena que él había interrumpido cerca del arroyo.

En un instante bajó del caballo y se dirigió sin demora a la puerta de la cocina, mirando cada ventana. La puerta estaba cerrada, pero la pudo abrir sin dificultad y vio al cocinero tendido en el piso, con la cabeza sangrando por una laceración en el cuero cabelludo.

Se oía desde la sala la risa contenida de un hombre. Avanzando en puntas de pie hasta la puerta, vio a Spooner parado frente a Marie que, de perfil delante de él, lo miraba.

En sus ojos se veía el miedo, el miedo de un animal atrapado. Al ver esto, Riley sintió que lo invadía la ira, era una sensación que no había experimentado en ese mismo grado desde la noche en que aquellos hombres habían asesinado a su padre.

—Hola, Strat —dijo.

Marie se sorprendió, y los hombros de Strat se curvaron hacia delante como si hubiera recibido un golpe. El enorme pistolero se dio la vuelta lentamente, mirando hacia Riley y luego más allá. Riley estaba solo.

—Hola, muchacho. —Spooner sabía lo que iba a hacer y estaba absolutamente tranquilo—. ¿Listo para morir?

Dando rápidamente un paso atrás, Spooner se ubicó detrás de Marie, con la muchacha directamente en la línea de fuego de Riley. Pero en el mismo momento en que él dio el paso, ella adivinó lo que pretendía hacer. Cuando la mano de Spooner bajó rápidamente a tomar la pistola, ella se dejó caer al piso.

Gaylord Riley sintió frío en su interior, una total quietud. Dio un rápido y ligero paso a la izquierda, sacando aún más a Marie de la línea de fuego y, mientras se movía, tomó su pistola en la mano y disparó.

La bala de Spooner le rozó el cuello. La sintió como un latigazo mientras disparaba. Desde la cadera, con su codo apoyado a ese nivel, con el cañón de su pistola girado levemente hacia adentro apuntando al centro del cuerpo de Spooner, disparó una vez más.

Sintió un tremendo impacto en la pierna, y esta se le empezó a doblar mientras él disparaba por tercera vez. La bala golpeó la pistola de Spooner, desviándose hacia arriba y abriendo una enorme herida en su garganta bajo el mentón y la oreja.

Strat Spooner dio un paso atrás con lentitud mientras parpadeaba. Estaba herido, pero no sabía qué tanto. Con una expresión salvaje y terrible en sus ojos, intentó estabilizar su pistola para un último disparo.

Riley se desplomó al piso, sintió el impacto de una bala que le rozó la cara y, rodando hacia atrás apoyado en el codo, apretó el gatillo de su pistola tan pronto como pudo deslizar hacia atrás el percusor. El retumbar de los impactos llenó la habitación, luego el martillo se cerró contra un cartucho vacío. Las esquirlas produjeron ardor en la mejilla de Riley, y sus tímpanos dejaron de vibrar por el estruendo de una bala que se incrustó en el piso a su lado.

Lanzando lejos su pistola, Riley se lanzó hacia las piernas de Spooner y lo hizo caer como un muñeco de trapo. Dando un bote, pudo ver a Spooner, su cara y su garganta cubiertas de sangre, mientras intentaba tocarse los ojos con sus dedos rígidos. Quitándole las manos de la cara, Riley se la golpeó con el puño, pero él parecía invulnerable.

Se abalanzó sobre Riley, y Riley de un bote se alejó de él, luego se puso de rodillas. Movió su mano hacia atrás y tomó por el cuello la botella que estaba a su espalda. Con un amplio movimiento de su brazo, la lanzó con todas sus fuerzas y esta fue a estrellarse contra el cráneo de Spooner, rompiéndose en pedazos.

Spooner cayó de cara, se esforzó por levantarse empujándose con las manos, y luego, mientras miraba fijamente a Riley, con los ojos muy abiertos, dijo:

—Brazos… ahora sé quién eres. ¡Ese muchacho de la viga de dos por cuatro, allá en el Brazos!

Se puso de pie, dio dos pasos largos y se estrelló contra la pared. Cayó de cara al piso, se volteó de espaldas y murió.

Marie corrió hacia Riley y los dos se abrazaron hasta que un quejido proveniente de la cocina los sobresaltó. Riley intentó dar un paso, pero su pierna se dobló bajo su peso, y entonces, pasado el shock, sintió por primera vez debilidad y dolor.

Mucho más tarde, cuando estaba ya acostado en una cama, y el doctor Beaman ya había venido y se había ido, ella le preguntó:

—¿Qué quiso decir… acerca de un muchacho de dos por cuatro del Brazos?

—Ahí fue donde crecí. Creo que de pronto debió

haberme recordado de ese lugar. Parece que ha pasado mucho tiempo desde entonces.

———

Si, DESPUÉS DE muchos años, llegas a venir por las alturas donde crece la mata de salvia, donde se dan las lupinas, y si por los sinuosos senderos llegas a las laderas cubiertas de álamos y pinos, podrás soltar las riendas por unos momentos entre las matas de colombina y lirios mariposa, y escuchar el sonido del viento.

No busques allí, al pie de las montañas Sweet Alice, la casa de Riley, porque ya no está. Con el ir y venir de las estaciones, sólo las montañas permanecen iguales. Sin embargo, si llegaras a cabalgar por los rojizos y cuarteados territorios hasta donde corre el Colorado, más allá de Dandy Crossing podrás comprobar que el sendero que siguieron desde Spanish Fork no es ahora más fácil de lo que era entonces.

Rimrock ya no existe. Después de las súbitas inundaciones que lo destruyeron, sólo quedan los cimientos y un par de viejas estructuras de edificios, pero más arriba hacia las montañas está enterrado Ira Weaver al lado de Dan Shattuck, quien vivió para conocer a su segundo nieto… y el Sheriff Larsen, quien murió a los noventa y dos años de edad.

Kehoe se casó con Peg Oliver, y uno de sus cuatro bisnietos murió en Corea en un día gris de noviembre cuando, herido y aislado de su patrulla del Regimiento 27, se dispuso a mostrarles a los Rojos de qué está hecha su raza. Tenía con él ocho granadas y una

BAR, mas veintitrés chinos muertos cuando se le acabaron las municiones.

Kehoe había sido elegido sheriff cuando Larsen se jubiló, y Parrish se había convertido en sheriff adjunto. A Parrish lo mataron cuando interfirió con un asalto a un banco y se enfrentó a bala con dos gángsteres del este. Cuando le dispararon y lo mataron, alcanzó a dispararles a los dos, que murieron también, y cuando Sampson McCarty se agachó sobre él para oír sus últimas palabras, Parrish dijo: "¡Jim Colburn los planeaba mejor!"

Colburn permaneció en el rancho mientras estuvo en funcionamiento, y luego se mudó a Arizona. De vez en cuando algunos lo buscaban para preguntarle si los malos viejos tiempos habían sido en realidad tan malos, pero a pocos se les ocurría preguntarle acerca de su vida. Era un hombre aparentemente muy callado, con una mata de indomable pelo blanco y unos amables ojos azules.

Gaylord Riley y Marie se mudaron a California cuando los niños llegaron a la edad de asistir al colegio, pero los años que pasaron en el rancho fueron prósperos y felices.

Cuando el senador James Colburn Riley se casó con Blanche Kehoe, pasaron su luna de miel acampando al pie de las montañas Sweet Alice.

En su primera noche en el campamento, su guía y cargador trajo una laja de piedra a la fogata, y Riley comentó:

—Parece una piedra antigua de las que se usaban en los cimientos de las construcciones.

—Tal vez sea indígena —comentó el guía—. No

hubo nadie más en este territorio hasta los alrededores de 1900. ¡Ni siquiera los bandidos comenzaron a utilizar el Roost hasta el año '85, aproximadamente!

Riley miró a Blanche, pero ninguno de los dos dijo nada. Más tarde, cuando Riley accidentalmente golpeó con el pie un antiguo cartucho vacío enterrado cerca de la fogata, el guía lo miró.

—Mejor consérvelo —dijo—, ya no fabrican ese tipo de cartuchos.

Acerca de Louis L'Amour

"Me considero parte de la tradición oral —como un trovador, como un cuentista del pueblo, como el hombre en las sombras de la hoguera del campamento. Así quisiera que me recordaran— como alguien que sabe contar historias. Alguien que las sabe contar muy bien".

ES POCO PROBABLE que cualquier escritor pueda sentirse tan familiarizado con el mundo que recrea en sus novelas como Louis Dearborn L'Amour. No sólo podía ponerse en las botas de los rudos personajes sobre los que escribía, sino que literalmente "pisaba el mismo terreno que pisaban mis personajes". Sus experiencias personales y su pasión de toda la vida por la investigación histórica se combinaron para dar al Sr. L'Amour un conocimiento y una comprensión excepcionales de las personas, los eventos y el reto de la frontera americana que se convirtieron en los distintivos de su popularidad.

De descendencia franco-irlandesa, el Sr. L'Amour podía rastrear sus propios antepasados en Norteamérica hasta comienzos del siglo XVII y hacer el seguimiento de su constante avance hacia el oeste, "siempre en la frontera". Durante su infancia, en Jamestown, Dakota del Norte, absorbió todo lo que pudo sobre la herencia fronteriza de su familia, incluso la historia de su bisabuelo, a quien los guerreros sioux le arrancaron el cuero cabelludo.

Impulsado por su insaciable curiosidad y por el deseo de ampliar sus horizontes, el Sr. L'Amour dejó su casa a los quince años y desempeñó una amplia variedad de trabajos, incluyendo los de marinero, leñador, cuidador de elefantes, desollador de ganado, minero y oficial del cuerpo de transportes durante la Segunda Guerra Mundial. Durante su "época de viajero", también dio la vuelta al mundo en un buque de carga, navegó en una embarcación en el Mar Rojo, naufragó en las Indias Occidentales y se perdió en el desierto de Mojave. Ganó cincuenta y una de cincuenta y nueve peleas como boxeador profesional y trabajó como periodista y conferenciante. Era un lector voraz y un coleccionista de libros raros. Su biblioteca personal contenía diecisiete mil volúmenes.

El Sr. L'Amour "quiso escribir casi desde cuando aprendió a hablar". Después de desarrollar una amplia audiencia para sus múltiples historias de la frontera y de aventuras, escritas para revistas de ficción, el Sr. L'Amour publicó su primera novela, *Hondo,* en los Estados Unidos en 1953. Cada una de sus más de ciento veinte obras sigue en edición viva; se han impreso más de trescientos millones de copias de sus libros en el mundo entero, convirtiéndolo en uno de los autores con más ventas de la literatura contemporánea. Sus libros se han traducido a veinte idiomas, y más de cuarenta y cinco de sus novelas y cuentos se han convertido en películas de largometraje y para televisión.

Sus superventas en edición empastada incluyen,

Los dioses solitarios, El tambor ambulante (su novela histórica del siglo XII), *Jubal Sackett, Último de la casta* y *La mesa encantada*. Sus memorias, *Educación de un hombre errante,* fueron un éxito de ventas en 1989. Las dramatizaciones y adaptaciones en audio de muchas de las historias de L'Amour están disponibles en cassettes y CDs de la editorial Random House Audio.

Receptor de muchos e importantes honores y premios, en 1983 el Sr. L'Amour fue el primer novelista que recibió la Medalla de Oro del Congreso otorgada por el Congreso de los Estados Unidos como homenaje al trabajo de toda su vida. En 1984 recibió también la Medalla de la Libertad del presidente Reagan.

Louis L'Amour murió el 10 de junio de 1988. Su esposa, Kathy, y sus dos hijos, Beau y Angelique, continúan con la tradición de las publicaciones de L'Amour con nuevos libros escritos por el autor durante su vida y que serán publicados por Bantam.

The Official
LOUIS L'Amour
Web Site

WWW.LOUISLAMOUR.COM

Visit the Home of America's favorite storyteller

Louis L'Amour Community

Join other Louis L'Amour fans in a dynamic interactive community

Discussion Forum

Guest Book

Biography Project

Frequently Asked Questions

About Louis L'Amour

Exclusive materials and biography written by Louis' son Beau L'Amour

"A Man Called Louis" an exclusive video interview

Photo Galleries

Articles

Great American Tradition

Whether you are new to the thrilling frontier fiction of Louis L'Amour or are one of his millions of die-hard fans, you'll feel right at home at www.louislamour.com!